O RIO QUE ME CORTA POR DENTRO

Raul Damasceno

O RIO QUE ME CORTA POR DENTRO

Copyright © Raul Damasceno 2025
Todos os direitos reservados à Astral Cultural e protegidos pela Lei 9.610, de 19.2.1998.
É proibida a reprodução total ou parcial sem a expressa anuência da editora.

Conteúdo sensível: este livro contém cenas de estupro, transfobia e tentativa de suicídio, que podem desencadear gatilhos.

Trechos das obras *O Livro dos Abraços*, de Eduardo Galeano, publicado em 2016, pela L&PM Editores (1ª edição), e *Grande Sertão: Veredas*, de João Guimarães Rosa, publicado em 2007, pela Nova Fronteira (19ª edição), foram utilizados ao longo do livro *O rio que me corta por dentro*.

Editora Natália Ortega

Editora de arte e design de capa Tâmizi Ribeiro

Coordenação editorial Brendha Rodrigues

Produção editorial Gabriella Alcântara e Thais Taldivo

Preparação de texto João Rodrigues

Revisão de texto Alexandre Magalhães, Carlos César da Silva e Fernanda Costa

Imagem de capa Aquarela sobre papel por Mariana Sguilla

Foto autor Jamille Queiroz

Dados Internacionais de Catalogação na Publicação (CIP)
Angélica Ilacqua CRB-8/7057

D162r

    Damasceno, Raul
      O rio que me corta por dentro / Raul Damasceno. — São Paulo, SP : Astral Cultural, 2025.
      176 p.

    ISBN 978-65-5566-639-7

    1. Ficção brasileira 2. LGBTQIAPN+ I. Título

25-1506   CDD B869.3

Índice para catálogo sistemático:
1. Ficção brasileira

BAURU
Rua Joaquim Anacleto
Bueno 1-42
Jardim Contorno
CEP: 17047-281
Telefone: (14) 3879-3877

SÃO PAULO
Rua Augusta, 101
Sala 1812, 18º andar
Consolação
CEP: 01305-000
Telefone: (11) 3048-2900

E-mail: contato@astralcultural.com.br

Todo homem precisa de uma mãe.

— Zeca Veloso

Para minha mãe,
que voltou pra me buscar.

a mãe/o filho
[o rio, o velho cajueiro e uma fotografia]

Zulmira, que fazia o feijão, cortava a lenha e brocava o roçado, cadê Aneci?

— Acho que vem pro Natal.

Zulmira, que faz o feijão, que corta a lenha e broca o roçado, cadê seu Nonato?

— Deitado no tucum, encheu o cu de cachaça no domingo e agora tá descansando a ressaca.

E Cícero, cadê?

— Tu já viu aquele menino parar quieto dentro de casa?

Cícero, gastando tardes inteiras em mergulhos.

Saltando da ingazeira,

solto no ar.

Magrelo, tão miudinho,

sumindo no fundo d'água.

Uma vez submerso, o silêncio. Agarrar-se às pedras, enfrentar a correnteza. Aquilo era rio de levar tudo embora.

— Menino, anda já pra casa! — chamava Zulmira.

Mas Cícero era um bicho-menino teimoso.

E quando se juntava com Luzimar... Aí eram "dois pedaços de capeta", como dizia Nonato.

Luzimar não tinha o mindinho do pé esquerdo, pois o pai, querendo não falhar na idealizada linhagem de homens, fez promessa:

— Se vier outro filho macho, lhe corto um dedo do pé.

Cícero e Luzimar corriam esse Carrasco de ponta a ponta.

Do Alto dos Farrapos — de onde se via cada cantinho desse pedaço de sertão — a Cacimbas, uma pequena vila cercada de lama, bananeiras e olhos-d'água.

Dois pares de pernas de menino correndo. Casca de ferida enfeitando os joelhos, unhas encardidas. Por entre as bananeiras, seus olhos curiosos vigiavam o cotidiano de Cacimbas. *Faz silêncio. Fica quieto.*

Sob suas vistas redondas de tão curiosas, o Gogó da Ema, um bar que ficava entupido de gente aos fins de semana. A proprietária, uma sujeita de fácil simpatia, cabelo bem curtinho e um nome que os meninos achavam engraçado: Nambu.

O nome de Nambu saía doce pelas bocas dos homens. *Nambuzinha, meu amor, encha meu copo de Ypióca Ouro.* Demoravam os olhos e as mãos no corpo de Nambu.

Tu acha a Nambu bonita?, perguntou uma vez Cícero ao amigo.

Meu pai diz que ela é puta, respondeu Luzimar.

.

Sábado à tarde. Nonato tomava banho com sabonete Senador; vestia camisa branca de abotoar e penteava o cabelo em frente ao espelhinho de moldura alaranjada. Depois de um gole de café, saía pedalando a bicicleta Monark vermelha. Com o cheiro da alfazema impregnado, era certo que ia ao Gogó da Ema.

Saía todo arrumado, cheiroso e animado.

Na volta

[já de madrugada],

acordava todo mundo com os gritos.

Se arrastando de bêbado.

Todo sujeira e violência.

Ameaçando bater em Zulmira, que se colocava na frente dele, firme, cara a cara, desafiadora:

— Bate, Nonato! Trisca a mão em mim *se tu for* homem!

Teve até aquela vez que Nonato chegou a pegar a espingarda de caça, que ficava dependurada acima do fogão de lenha, e apontou para a esposa.

O olhar do homem era tão cheio de fúria que só Deus pode ter segurado a mão dele para não apertar o gatilho.

Quando se afastava da esposa, berrando que se arrependia de a ter tirado do cabaré, entrava no quarto onde Rosa, a filha mais nova, dormia com Cícero.

Nonato segurava os punhos da rede do neto, sacudindo-o e falando sempre as mesmas coisas:

TUA

MÃE

É

UMA

RAPARIGA!

NÃO

VALE

UMA

RUMA

DE

MERDA!

ANDA

LÁ

POR

FORTALEZA

DANDO PRA

TUDO

QUANTO

É

MACHO

E

TE

LARGOU

PRO BESTA

AQUI

CRIAR.

Cícero se encolhia no fundo da rede.

Segurando o choro.

Aprisionando a raiva.

Aneci — um miniconto

Quando tinha mais ou menos uns quinze anos, Aneci deixou Carrasco para trabalhar como doméstica em Fortaleza. Foi tia Nega, uma irmã de Zulmira, quem a levou.

Aneci cuidava de um bebê de cabelo loiro e pele tão branca quanto as tapiocas que Zulmira fazia para o café. Aneci receava triscá-lo, pois qualquer toque deixava uma manchinha vermelha naquela criatura bonita que fazia a moça sentir uma leveza por dentro.

Com o tempo, o menino passou a gostar mais dela do que dos pais. Quando a mãe estendia os braços para pegá-lo no colo, o bebê grudava em Aneci feito um carrapato e só saía chorando. Secretamente, Aneci apreciava muito isso.

À noite, depois que todo mundo já tinha ido dormir, Aneci deixava o quartinho apertado e quente, vizinho à máquina de lavar, e se sentava na varanda para sentir o vento que vinha do mar.

Uma vez, o pai do bebê deu o ar da graça. Só de cueca, nem percebeu Aneci encolhida ali.

Acendeu um cigarro.

E a fumaça despertou a tosse de Aneci, que temeu a reação do patrão.

Mas ele só fez sorrir e perguntar se ela fumava.

Fez que não com a cabeça, mas ele lhe ofereceu um trago mesmo assim.

Aneci continuou indo à varanda todas as noites, no entanto agora sabia que não estaria sozinha.

Gostava quando aquele homem tirava o cigarro da boca e o colocava na dela. Meio que o sentia entre seus lábios. Gostava de vê-lo sorrir quando ela engolia a fumaça e desembestava a tossir.

Do mesmo modo, ficava triste quando ele não aparecia.

Comprou uma carteira de cigarro, tentou fumar sozinha, mas não era a mesma coisa.

Em Carrasco, Zulmira não parava de pensar na filha. Se arrependia de a ter deixado ir.

Julgava não ter sido uma boa mãe para a primogênita. Por talvez ter sido a culpada por essa necessidade que Aneci tinha de ir embora.

Foram dois anos sem nenhuma notícia da filha. Pensaram até que... não, melhor nem falar. Besteiras, nessas horas tudo se entranha na cabeça.

Então ela voltou.

Arrumada.

Cheirosa.

E com um recém-nascido no colo.

Zulmira se encheu de felicidade com o retorno da filha.

Quase deixou as lágrimas escaparem, mas conseguiu represá-las nas beiradas dos olhos.

Olhos de represa.

E agora tinha um neto, aquela criaturinha tão pequena que Zulmira pegou no colo e quis saber o nome.

Cícero.

Bonito.

Enquanto Nonato, distante e sisudo, foi logo perguntando quem era o pai do menino.

A resposta nunca veio.

Fim do miniconto de Aneci

Por isso as mesmas palavras furiosas saíam daquela boca fedendo a cachaça:

RA-

PA-

RI-

GA!

RU-

MA

DE

MER-

DA!

Uma tristeza amiudava Cícero sempre que ouvia o avô falar assim da mãe.

Apesar de insistirem que ele nem a conhecia direito, pois só a via de ano em ano

[sempre no Natal].

Aneci ainda era a pessoa que Cícero mais amava no mundo.

Seu sonho era um dia ver a mãe chegando pela estradinha vermelha, cansada de tantas léguas — das ondas à poeira do sertão, da ponte de Carrasco até em casa —, mas feliz, sorriso aberto.

Então ela o abraçaria e...

[neste mesmo abraço]

... diria:

— Eu vim te buscar pra morar comigo.

Cícero era capaz de ganhar asas, felicidade demais faz menino avoar.

•

— E *tu teria* coragem de ir *mermo*? — perguntou Luzimar, esticado na beira do rio.

— *Teria*, não. Tenho! — respondeu Cícero, movendo os pés na água.

O som da correnteza deixava tudo numa calmaria de evocar cochilos.

Até Cícero ficar de pé e quebrar a paz ao se atirar em um novo mergulho.

Ainda deitado e absorto, Luzimar dedicou-se a espiar a folia que Cícero fazia dentro d'água. Como quem se adianta na saudade.

Mas também porque era mês de dezembro e, dali a pouco, Aneci chegaria carregada de presentes e histórias de capital, roubando a atenção de Cícero toda para si.

Era nessas horas que Luzimar pensava em seguir os conselhos do pai, o velho Chico Metero:

— Meu *fí, tu larga* mão de andar com aquele *bichim* neto do Nonato, aquilo ali não é boa influência pra ti, não. A mãe dele não vale o que o gato enterra. Escuta o que eu *tô* te dizendo.

E Luzimar queria obedecer ao pai, queria mesmo.

Mas gostava tanto da companhia de Cícero,

das tardes no rio,

das conversas noturnas sob o antigo cajueiro que ficava entre a casa deles.

Luzimar era o quinto filho macho de Raquel e Chico Metero, veio depois de

EDCARLOS;

BARTIANO;

FRANSQUIM

& JAIR.

Todos

disputavam a

preferência do

pai. Desejavam

ser como ele.

Edcarlos um

pouco menos;

Já Luzimar

tinha isso

como guia de

sua vida.

Casar-se com uma moça de família, ser pai de menino, cuidar das terras que ganharia na herança.

Por outro lado, Cícero não enxergava nenhum homem como exemplo de quem queria se tornar. Não se via nem mesmo morando em Carrasco, dali a alguns anos.

Cícero queria era viver nos lugares habitados pelos personagens das novelas a que assistia na casa de dona Raimunda Gino, a única pessoa da região que possuía um aparelho de TV.

Na volta para casa, já com o sol partindo por entre galhos retorcidos, Cícero se distraía numa brincadeira de *botar para dormir* plantinhas sensíveis ao toque, mas sem deixar de reparar no silêncio que o distanciava de Luzimar.

— Ei! — gritou Cícero, correndo até acompanhar o amigo.

— Bora comigo e a Rosa hoje ver *Sonho meu* na dona Raimunda.

— Eu, não... O pai diz que novela é coisa de mulher.

— Besteira.

Ao chegar em casa, Cícero encontrou o avô sentado no alpendre. Aos pés dele dormia Leão.

O cachorro que um dia Nonato salvou da mira da espingarda de Chico.

[Menino criado em roçado, neto de caçador.]

Aos nove, para o orgulho do avô, Cícero matou um javali com tiro de espingarda.

Mais tarde, quando viu o bicho pendurado no quartinho de ferramentas — sem pele, gotas de sangue pingando sobre o piso de terra batida —, o menino sentiu remorso.

[Passou mal.]

Cícero juntou-se a eles, fazendo carinho na cabeça de Leão.

Nonato reparou na cara emburrada do neto.

— O que é que *tu tem*?

— Nada, não.

Onde que uma coisinha daquela enganaria o velho Nonato? Não tinha nem perigo.

— Quer que eu te conte da Cabra-cabriola?

Cícero abriu até um sorriso.

Pequeno, mas abriu.

O menino tinha perdido até as contas de quantas vezes o avô já lhe contara a história da criatura de chifres pontudos, cascos nos pés e garras enormes que comia crianças desobedientes, mas se ajeitou mais perto, apoiou a mão no queixo e prestou atenção no conto que ele próprio já era capaz de narrar de cabeça.

Uma vez, quando criança, Aneci teve pesadelos com essa história. Não sabia por quê, mas sempre que ouvia o pai citar as características horrendas da Cabra-cabriola, era Chico Metero — de chifres e garras enormes — que ela, ainda menina, imaginava.

Também não conseguia apagar da memória o dia em que vinha do rio com a mãe e Chico passou por elas. Assim que olhou para trás, Aneci viu o homem lhe abrir

aquela boca funda, escura e desdentada,

imitando um bicho que ameaçava devorá-la.

Essa imagem persistia em sua mente e até mesmo

dava as caras em pesadelos.

A outra filha de Nonato e Zulmira, Rosa, possuía uma diferença de cinco anos em relação a Cícero, mas mesmo assim conseguiu compartilhar parte da infância com o sobrinho.

Tia e sobrinho. Nem se viam assim.

Eram mais como amigos mesmo, irmãos.

Quando não estava com Luzimar, Cícero sempre brincava com a menina.

Os dois se enfiavam dentro do capim, onde havia uma toca limpa e espaçosa que transformaram numa casinha.

Zulmira mandava os dois ao rio para lavar roupa e lá passavam quase o dia todinho entregues às brincadeiras e conversas.

Algumas vezes, Zulmira precisava ir atrás dos dois, preocupada com a demora.

Havia tempos que Rosa vinha espiando Edcarlos, o filho mais velho de Chico.

Ela ficava por trás do capinzal, admirando o rapaz capinar o roçado do pai.

— Ele é tão bonito, Cícero... — dizia Rosa, na beira do rio, ensaboando as roupas que Cícero enxaguava.

— Cuidado *pro* vô não saber disso, doida. Ele é capaz até de te dar uma pisa — aconselhava Cícero.

— Eu nem ligo, bom que eu saio de casa e me caso logo com o Ed.

— E tu sabe pelo menos se ele te quer? Ele já tem mais de dezenove anos, e tu só tem dezessete. Tu devia se engraçar era com o Jair.

— Eu, não! Um diabo feio daquele!

Após um muxoxo, Rosa largou as roupas e o pedaço de sabão sobre a pedra e se lançou na água.

Rosa não via a hora de se ver livre do pai.

Queria casar-se de branco, ter filhos, uma casa.

Condenava Aneci por ter sido mãe solteira. Ignorava ainda mais o fato de ter abandonado o filho, coisa que jamais faria.

Queria ser a melhor mãe do mundo para o casal que teria. Uma mãe tão zelosa quanto Zulmira.

Seu filho mais velho se chamaria Sebastião, uma homenagem ao irmão, que, ainda muito pequeno, foi levado pelo rio. Zulmira vivia falando dele. Dizia que Cícero era *imprial* ao tio. Dava pena quando ela começava a falar do menino que morreu anjinho.

♦

De mochila nas costas,

uma blusa rosa bem apertada,

minissaia jeans

e salto alto,

Aneci chegou.

O cabelo de outra cor: vermelho.

— O que foi que tu fizeste nesse teu cabelo, menina? — perguntou Zulmira, segurando os fios afogueados da filha.

— Gostou, não, mãe? A senhora devia pintar o seu, já tá ficando branco, olha — brincou Aneci, arrancando risadas de Cícero e despertando a cara feia da mãe.

Na presença de Aneci, Cícero era outro.

Sentia-se livre.

Mais feliz.

Corajoso.

Isso porque Nonato não dizia na frente da filha o que berrava quando ela estava longe.

Isso porque, do jeito dele, Nonato amava vê-la chegar e tê-la em casa outra vez.

.

Cícero gostava do cheiro doce da mãe.

Cheiro de hidratante e perfume dos bons.

— De marca — como ela gostava de enfatizar.

Diferente de Zulmira, que cheirava a alho e fumaça.

Aneci, como sempre, saiu distribuindo os presentes.

Naquele ano foi assim:

Um vidrinho de perfume para a mãe.

Uma camisa social para o pai.

Um batom verde que mudava de cor para Rosa.

E para Cícero, além das roupas usadas — mas nunca velhas — do filho dos patrões, Aneci deu um rádio e uma fita de Zezé Di Camargo & Luciano.

A dupla aparecia na capa sobre um fundo azul.

As músicas da tal fita embalaram os dias felizes daquele mês de dezembro.

A favorita de Cícero era a segunda do LADO B: "Me leva pra casa".

Cansei de ficar sozinho,

Na rua não tem carinho,

Oh! Oh! Me leva pra casa...

Sozinha com o filho na beira do rio, Aneci levantou a camiseta e mostrou para ele a tatuagem que fizera na costela.

Uma palavra que o menino conhecia bem.

— Tu já sabe ler, né?

E ele fez que sim com a cabeça, pois sabia ler desde os seis anos. Aprendera com Toin, a professora que naquele ano passou a usar vestidos,

unhas pintadas

e batom nos lábios.

— É meu nome — balbuciou Cícero, encantado, suavemente tocando cada uma daquelas letras gravadas na pele escura da mãe.

Cícero.

O nome que só vira escrito num pedaço de papel.

No tronco do cajueiro — ao lado do de Luzimar.

Na areia molhada do rio

[também ao lado do de Luzimar].

Agora estava ali. Era parte do corpo da mãe.

Para sempre.

Outra novidade daquela visita de Aneci foi a máquina fotográfica.

Esta fez um sucesso danado na vizinhança, que se aglomerou no terreiro de Zulmira no dia da sessão de fotos.

— Eita povo besta — reclamou Zulmira, toda arrumada e passando perfume para sair bem no retrato. Pediu a Aneci uma *xiringada* daquele desodorante dela, o de nome bonitinho: *Toque de Amor.*

Cícero calçou os tênis, pôs uma camisa azul e uma calça preta que já deixava à mostra os tornozelos.

Luzimar olhava de longe as poses de Cícero e Rosa em frente à câmera.

— Pai, mãe, venham! Agora é a vez de vocês, as poses estão pra acabar.

Zulmira puxou Nonato para perto do angico florido, dizendo:

— Aqui vai ficar bonito que só!

Nonato e Zulmira encostaram as mãos, muito sem jeito.

Ela esboçou um fino sorriso,

ele se manteve sisudo e

impaciente. Piscaram com o *flash*.

E o povo deu risada, deixando Zulmira zangada.

Mas não durou. A matriarca estava contente demais com aquela tarde rara.

Posou sozinha perto das flores, foi se familiarizando com a luz que se chocava contra seus olhos a cada *clique*.

— Agora com os meninos, mãe! Venham! — gritou Aneci para Cícero e Rosa.

Juntos.

Dando risada.

Sob luzes e olhares.

Vestindo as melhores roupas que tinham.

Cícero, Rosa, Zulmira e Nonato foram enquadrados pela lente da câmera de Aneci, felizes ao se imaginarem numa fotografia.

Foi quando Cícero avistou Luzimar.

— A senhora bate uma foto minha com o Luzimar? — pediu para a mãe.

— E vocês são amigos, é? — perguntou Aneci, de um jeito meio esquisito, mas o menino nem ao menos notou, foi lá chamar o amigo.

E os dois ficaram parados um ao lado do outro diante do cajueiro que separava suas casas.

Os anos poderiam até passar, mas o retrato daquela amizade ficaria.

Tanta tarde,

tanto rio,

tanto esconde-esconde...

Tanto tempo.

Tanto para viver e para recordar.

As linhas azuis que costuravam a camisa de Cícero se desmanchariam dali a alguns anos.

Assim como a baladeira pendurada no pescoço de Luzimar perderia a força e não mataria mais nenhum passarinho distraído em galho algum.

Eles, no entanto, ainda seriam amigos e eternamente meninos dentro de uma fotografia. Aneci usou o último filme para ensinar o filho a tirar foto.

— *Tu quer* fotografar o quê?

— Quero bater uma sua — respondeu o menino.

E Cícero olhou a mãe

através da lente.

Enquadrada naquele minúsculo espaço.

Presa, sorridente.

O cabelo vermelho.

Solto.

— É só apertar esse *botãozin* aí de cima — explicou Aneci, um pouco desfocada.

Cícero apertou.

— Será que ficou boa? — perguntou ele.

— Ano que vem eu trago ela pra ti, revelada.

•

Certa noite, Aneci chamou Leide, uma amiga de infância, para beber umas no Gogó da Ema.

Entre doses de cachaça e histórias do passado, uma péssima lembrança se materializou diante das duas: Chico Metero.

— Velho enxerido — sussurrou Aneci, de cara feia.

O homem se aproximou das duas, puxou uma cadeira e fez sinal para Nambu lhe trazer um copo.

Serviu-se de cachaça.

— E quem foi que te convidou pra se sentar aqui? — perguntou Aneci, na lata.

— E eu lá preciso de convite pra poder sentar mais a minha mulher? — disse o homem, sorrindo para Aneci, cheio de malícia.

— Que eu saiba a dona Raquel não tá aqui.

— Bora pra casa, Aneci? — interferiu Leide, tentando tirar a amiga desta situação.

— Vai só, menina. Aneci e eu temos muita prosa pra botar em dia.

— Prefiro prosear com o cão do meio dos infernos *do que* contigo — decretou Aneci, se levantando.

Durante o tempo que durou a visita de Aneci, Chico não desistiu de persegui-la.

Aparecia de surpresa em quase todos os lugares onde ela estava.

Chegou a ir atrás dela no rio.

Sempre com aquele sorriso malicioso e olhar obsceno que ela conhecia desde criança.

Aneci sentia vontade de mergulhar a cabeça dele na água, segurar com força e só soltar quando ele parasse de se debater.

Morto.

♦

Era o último dia do ano.

Nonato acendeu uma fogueira no terreiro.

Zulmira preparou baião com carne de porco assada na brasa. Aneci comprou cerveja e refrigerante.

A vizinhança toda reunida ali, em festa.

Cícero tinha como meta para aquele ano manter-se acordado até meia-noite para saber o que acontecia na virada de um ano para outro.

Enquanto brincava com Luzimar de tomar refrigerante em latas de cerveja, Cícero, apesar do forró tocar alto, ouviu a conversa de Aneci e Leide:

— Mulher, eu tô pensando em passar a próxima virada de ano na praia.

— Ah, lá deve ser bom demais, né? Animado que só.

— Numa hora dessas minhas amigas *tão* tudo lá pulando onda e bebendo umas. E tem meu bonitão lá, que eu te contei.

Cícero sentiu o tapa de Luzimar no ombro dele, chamando-o para brincar de acender *bombril* na fogueira.

Mas o menino se manteve paralisado a metros da mãe, vendo-a sorrir ao compartilhar o desejo de estar em outro lugar no ano seguinte.

Com outras pessoas.

Cícero não ouvia mais a música.

As conversas se embolaram aos risos.

Tudo ficou borrado.

Aneci, e somente ela, era a única imagem nítida ali.

Sempre com os lábios vermelhos e as pálpebras pretas.

Luzimar tocou outra vez no ombro de Cícero, fazendo-o voltar àquela noite barulhenta.

Cícero viu os fogos subirem aos céus e explodirem em luzes.

Viu os abraços.

Ouviu dezenas de "*Feliz Ano-Novo*".

E descobriu que nada de mágico acontece entre a passagem do ano velho para o novo.

Ou talvez ele só não tenha percebido, já que estava tão triste pensando na possibilidade de não ter a mãe por perto na virada seguinte.

♦

— Me leve com você, mãe — pediu Cícero, enquanto via Aneci arrumar as coisas um dia antes da partida.

Aneci se sentou na beirada da cama e puxou o filho para junto.

— Ô, Cícero... Dá, não. O pessoal lá da casa que eu trabalho não gosta de mulher com *fí*. Se eu aparecer contigo, é capaz de eles me mandarem voltar. E aí como é que vou cuidar de ti sem dinheiro? Aqui é melhor pra ti. E no final do ano eu volto.

— Você tem um namorado, é?

— Quem foi que te disse isso?

— Você tem?

Pra que esconder? O certo era mesmo contar para o filho. Então confirmou:

— Mas ele já sabe de ti. Foi a primeira coisa que contei quando a gente se conheceu. A gente tem plano de morar junto, mas já disse que só vou se puder te levar comigo.

Cícero pensou no que ouviu na noite de réveillon, mas não falou nada, preferia acreditar no que a mãe lhe dizia ali, naquele momento.

Tão doce e sincera.

— Você volta *mermo*?

— Eu sempre volto.

No dia seguinte, tão cedo que ainda era noite, Aneci pegou as bolsas, olhou por um tempo o sono do filho. Quis chorar. Porque, de verdade, ela queria levá-lo junto. Mas não podia.

Aneci tomou o caminho da ponte, onde pegaria a camioneta de Seu Atual.

No ano seguinte o filho já estará tão grande.

o mar no papel

Passou o Natal.

Chegou o Ano-Novo.

Aneci não voltou.

A voz da mãe não saía da cabeça de Cícero:

EU

TÔ

PENSANDO

EM

PASSAR

A

PRÓXIMA

VIRADA

DE

ANO

NA

PRAIA.

Na praia.

Ela tinha mentido.

Sabia que não iria voltar.

Preferiu ficar lá com as amigas

e com o namorado.

Com as cervejas.

As ondas.

E A PRAIA.

Um sentimento esquisito enodoava o peito de Cícero. Era algo que ele não queria, de jeito nenhum, sentir pela mãe.

Nonato já bradava aos quatro cantos:

AQUELA

ALI

NÃO

VOLTA

NUNCA

MAIS!

BESTA

É

QUEM

AINDA

ESPERA

POR

ELA.

.

Mas Nonato esperava.

Rezava em segredo pela volta da filha.

Enquanto isso, seguia gritando que ela

de nada valia. Zulmira ralhava com o marido.

Partia-lhe o coração ver o neto tão mofino pelos cantos.

— Calma, Cícero, talvez *num* tenha dado pra ela vir dessa vez, mas ano que vem ela tá aqui — consolava Zulmira. E completou com uma promessa: — Se ela não vier, nós dois vamos atrás dela.

Sozinha, antes de dormir, Zulmira pedia:

— Meu Deus, guie os passos de Aneci de volta pra casa. Não deixe que nada de ruim aconteça com aquela menina. Acalme meu coração e o de Cícero.

Um dia, enquanto se banhava no rio, Zulmira viu um vidrinho boiando nos garranchos da margem. Ela se aproximou e o pegou. Era um desodorante *Toque de Amor* ainda pela metade. Envelhecido e sujo. Aneci tinha um daqueles, Zulmira lembrou.

Na noite de réveillon, Cícero olhou para os fogos no céu, tentando imaginar a praia. O som das ondas.

A mãe.

Uma vez ele perguntou à professora Toin — que era natural de Camocim, onde tinha praia — como era o mar.

— Grande. Azul... A gente olha assim pra ele e nem dá pra ver onde acaba.

Nesse dia, Toin leu-lhe uma história sobre uma primeira vez no mar.

Não a dela,

a de um menino chamado Diego:

"Diego não conhecia o mar. O pai, Santiago Kovadloff, levou-o para que descobrisse o mar. Viajaram para o Sul. Ele, o mar, estava do outro lado das dunas altas, esperando. Quando o menino e o pai enfim alcançaram aquelas alturas de areia, depois de muito caminhar, o mar estava na frente de seus olhos. E foi tanta a imensidão

do mar, e tanto seu fulgor, que o menino ficou mudo de beleza. E quando finalmente conseguiu falar, tremendo, gaguejando, pediu ao pai: 'Pai, me ensina a olhar!'."

No fim, a professora folheou um de seus livros e encontrou numa das páginas a gravura do mar.

Arrancou-a,

rasgou o excesso com a ponta dos dedos

e entregou o pequeno mar de papel para Cícero.

Foi assim que a professora Toin ensinou Cícero a olhar o mar que o menino ainda não conhecia.

Foi assim que a professora Toin ensinou Cícero a olhar para as palavras, as histórias e os livros.

Professora Toin tinha nascido homem, mas dizia ter passado por uma *metamorfose*.

— Quando homem, eu era uma lagarta. E não era feliz sendo lagarta. Lagartas rastejam. Agora que sou borboleta posso voar.

Depois que Toin virou borboleta, muitos pais tiraram os filhos da escolinha.

Nonato mesmo proibiu Cícero e Rosa de lá voltarem.

Mas Cícero não queria abandonar os estudos nem os livros.

Toda tarde ia à casa da professora Toin, que morava pertinho da ponte que ligava Carrasco a Cacimbas, para pegar algum livro ou conversar sobre o mundo que existia além de Carrasco.

Sentado à mesa da cozinha de Toin, Cícero ouvia o chiado da correnteza, então se lembrava de Luzimar e se distraía um tempo ao imaginar o que o amigo estaria fazendo numa hora dessas.

Uma vez, Cícero chegou pelos fundos da casa de Toin e a encontrou parada diante de um canteiro de flores que ficava na beira do rio, escondido no meio das taiobas.

— Que bonito — murmurou Cícero, assustando Toin, que foi logo o arrastando para longe dali. Mesmo sem entender a atitude da professora, Cícero se deixou levar.

Naquele dezembro, não lhe faltou presente. Ganhou da professora uma coleção de livros fininhos:

Cinderela.

Peter Pan.

A Bela e a Fera.

— Existem livros que têm o poder de nos marcar tanto quanto pessoas — disse Toin. — E os livros são frágeis, também morrem. Por isso, cuide muito bem deles.

•

O menino gostava de ler para Luzimar, todo dia, debaixo do cajueiro que ele via como seu castelo.

•

À noite, ouvindo Zezé e Luciano cantar baixinho "Me leva pra casa", a saudade fazia um nó apertado no peito de Cícero.

Apertava não saber nada sobre a mãe.

Apertava quando os vizinhos perguntavam a respeito dela.

Apertava ouvir Nonato chamá-la de *rapariga* sempre que chegava bêbado em casa.

Apertava tanto que doía.

Parecia que nem futuro existia mais.

Tudo era tão distante neste sertão imenso.

A música dizia: *"Cansei de ver o sol nascer/ Sem ter você do meu lado"*, e era assim que Cícero se sentia:

Sozinho.

resvaloso

— Não tem como, Cícero.

— A senhora disse que, se ela não viesse esse ano, a gente ia atrás dela.

— *Cuma,* meu *fí*? Sem nenhum trocado? Sem nem saber o endereço?

— Então a senhora mentiu!

Zulmira se arrependia da promessa, mas ainda lhe restava a esperança de que a filha pudesse mesmo voltar. Da primeira vez, ela passou dois anos sem mandar notícia e depois apareceu, pode ser que estivesse fazendo a mesma coisa agora.

Nonato via a esposa rezar todas as noites ao pé da cama e provocava:

— Será que tu quer *mermo* que ela volte?

— Já vai começar a falar tuas merdas, vai?

— Tu largou a menina, nem ligou quando ela caiu no mundo, e agora se faz de preocupada.

— Dorme, Nonato. Te vira aí pro lado e dorme. Para de conversar tanta besteira.

Quando percebeu que a mãe não voltaria também naquele ano, Cícero correu para se refugiar sob o cajueiro.

O choro entalado na garganta.

A palavra *praia* martelando na cabeça,

feito rebuliço de ondas.

Era lá que ela estaria à meia-noite.

De lá, ela assistiria aos fogos explodindo no céu.

Talvez nem lembrasse mais que tinha filho.

E a tatuagem?

Será que via o nome dele escrito no corpo e conseguia não sentir saudade? O cajueiro acolheu a tristeza de Cícero.

Era como se todos os galhos fizessem a delicadeza de se dobrarem para abraçá-lo.

A brisa quente nem chegava a mover as folhas mortas espalhadas pelo chão.

Tudo fazia um completo silêncio.

Até que, de repente, Luzimar surgiu.

As folhas secas estalando sob seus pés,

o ar entrando e saindo com pressa pelas ventas de um menino totalmente sem jeito perante a tristeza do amigo.

Luzimar se sentou ao lado de Cícero e pôs a mão no ombro dele. Num movimento totalmente instintivo, Cícero deitou a cabeça naquela mão pousada em seu ombro.

Chorou.

Cícero e Luzimar tinham catorze anos e estranhavam a voz grave um do outro.

E outra coisa.

Toin passou a emprestar para Cícero livros que ou ele não entendia direito, ou achava bem chatos.

O pior de todos foi *Grande sertão: Veredas.*

— Desisti! Não entendi porra nenhuma.

— Mas você pegou o livro ontem.

— Pois é! Os outros eu conseguia ler dez páginas no dia, esse daí eu só li duas... e mal, viu!

— Você pode tentar ler quando for mais velho — disse Toin. — Alguns livros não revelam tudo aos mais jovens. É preciso um tanto de maturidade e de vida. Os livros têm seus segredos.

E Cícero ficou com isso encucado na cabeça.

Os livros eram ainda mais misteriosos do que podia imaginar.

Cícero queria muito dar algo de presente à professora.

Queria demonstrar toda a sua gratidão e afeto.

Um dia, remexeu nas coisas da avó à procura de algo.

Foi assim que encontrou aquele vestido vermelho.

Nunca vi a vó usar esse, nem vai sentir falta, pensou o menino.

Embrulhado num saco plástico, Cícero entregou o presente a Toin.

Assim que viu a peça, a professora sentiu o rosto esquentar e umas lágrimas embaçaram-lhe a vista.

— Obrigada, Cícero. Esse foi o presente mais bonito que já ganhei.

O presente ali era ser vista por alguém do modo como Toin se enxergava. Mesmo que fosse pelos olhos de um menino.

— Sei que vestido não é coisa de homem, mas como você gosta... — disse Cícero.

Toin dobrou o vestido e se sentou à mesa diante do menino.

— Mas eu não sou homem.

— É, sim — retrucou Cícero, seguro.

— Deixa... tu ainda é muito menino — falou Toin, resignada.

A primeira vez que Toin usou o presente que ganhou de Cícero foi para ir ao Gogó da Ema numa noite de sábado.

O local estava vazando de gente.

Nambu organizara uma seresta.

O cantor animava os clientes embriagados que espalhavam gargalhadas ao lançarem piadas indecentes para as moças que passavam.

No ar, cheiro de *pinga*.

Torresmo.

E cigarro.

Vozes e música sob o alpendre de palha.

Litros sendo esvaziados tão rápido quanto a correnteza do rio que corria ali perto.

A dança trôpega dos bêbados fazia a alegria de Toin e Nambu, há muito tempo amigas.

A certa altura da noite, Zé Gino apareceu. Sentou-se à mesa com Chico Metero e outros amigos.

Tomou cerveja.

Riu de histórias repetidas.

Mas Zé queria mesmo era estar na companhia de outra pessoa.

Seus olhos passearam até encontrar Toin, mais bonita ainda naquele vestido vermelho.

Sorrisos cuidadosos para não serem percebidos.

Desejo.

Mais tarde, com o bar já quase vazio e Chico cochilando na cadeira, Zé Gino caminhou pela escuridão lá dos fundos, ofegante, ansiedade encarnada.

Quanto mais andava em direção à parte mais escura, mais a música brega no rádio de Nambu diminuía de volume.

Então Zé encontrou Toin e seu cheiro.

Com o desespero da saudade, deixou as mãos percorrerem aquele corpo envolto no vermelho.

Arrancou o aroma do pescoço dela com uma fungada profunda.

Puxando Toin para perto de si, desejando cada centímetro daquela mulher.

Mas um som muito próximo interrompeu este momento de intimidade quente.

O som de um filete líquido caindo sobre a terra.

Chico Metero, embriagado, fazia xixi bem ali.

Tão perto que dava para entender palavras ditas num sussurro.

Assustado, Zé pôs a mão sobre a boca de Toin e ficou imóvel até Chico concluir suas necessidades, fechar o zíper da calça e...

Zé esperava que Chico fosse embora.

Mas ele não foi.

Em vez disso, o homem acendeu um cigarro.

A fumaça cobriu o temor de Zé e Toin, que encaravam aquele pontinho aceso perdido na escuridão, feito um vaga-lume vermelho.

— *Cuma* é que tu tem coragem de se agarrar com um diabo que tem o mesmo que tu no *mêi* das pernas? — perguntou Chico, calmo, frio.

Zé estremeceu nos braços de Toin, que o segurou.

Chico jogou o cigarro ainda aceso quase aos pés dos amantes e saiu cantarolando a música que vinha do bar.

Toin já temia Chico havia bastante tempo,

sabia o quanto aquele homem poderia ser atroz.

Já tinha presenciado e sentido na pele as crueldades das quais ele era capaz.

♦

Um dia, sem maiores explicações, Chico apareceu em casa com a mobilete Caloi de Zé Gino.

Agora era dele.

— Um presente do *cumpade* Zé.

Mais tarde, comemorou com a família a posse de um pedaço de terra, também um presente dado por Zé.

De repente, Chico era sócio de Zé Gino, dono de metade de tudo o que o homem tinha.

— O pai tá ficando rico — dizia Luzimar para Cícero, todo metido a besta.

pesado/duro/morto

— Tá bonito pra chover — disse Zulmira, parada em frente à janela.

Aquele já era o terceiro dezembro que Aneci não aparecia.

Cícero encarava todas as roupas que ganhara da mãe.

Já não serviam mais.

Agora se vestia feito o avô: camisa de botão, calça de alfaiataria. As estampas de carrinho e Mickey ficavam para contar história.

Mas ainda era o menino que insistia em ouvir sempre o LADO B daquela fita.

Ainda fazia todo o caminho até a ponte para esperar a caminhonete do Seu Atual, que passava espalhando poeira.

E nunca parava,

porque Aneci

nunca vinha.

Nonato esfarelava a esperança de Cícero com apenas um punhado de palavras que, para quem vivia à espera, eram como nuvens carregadas cobrindo uma tarde no rio.

DEIXA

DE SER

BESTA,

MENINO!

TUA

MÃE

NUNCA

GOSTOU

DE

TI.

SE

GOSTASSE,

NÃO

TINHA

TE

ABANDONADO!

Cícero lutava todo santo dia para não se sentir assim.

Abandonado pela mãe.

Lutava para mantê-la intacta em sua mente e coração.

Lutava para ainda amá-la da mesma maneira.

A cada ano tornava-se um pouquinho mais difícil.

Toin sempre dizia:

— Continue amando sua mãe. Não ligue para o que os outros dizem.

Cícero sentia que Toin tinha era pena dele, pois a professora sempre chorava quando o ouvia falar de Aneci.

Numa das visitas de Cícero a Toin, Chico Metero apareceu, criando um clima esquisito.

Ele começou a xingar Toin e a ameaçar Cícero:

— Eu vou contar pro teu avô que tu anda de amizade com esse baitola!

— O que é que tu tem a ver com minha vida, Chico? Vai cuidar da tua, se mete nas amizades dos teus filhos!

— *Fí* de rapariga *num* podia dar em boa coisa *mermo*.

Ao ouvir as palavras ditas por Chico quando já estava de saída, Cícero sentiu a revolta se agitar dentro do corpo e puxou aquele homem pela camisa até tê-lo sob seu domínio, encarando-o nos olhos:

— Tu respeita minha mãe, viu? Eu não vou deixar *fí* d'uma égua nenhum falar mal dela, não!

Toin pedia, desesperada, que Cícero largasse Chico.

Os dois se encaravam com uma fúria selvagem, deixando o clima ainda mais insuportável de quente.

Cícero nunca havia se sentido assim.

Sem que pudesse perceber, forjara-se da brutalidade daqueles homens.

Ao ser empurrado com desprezo, Chico riu, cheio de sarcasmo, e saiu apontando para Cícero e Toin, em tom de quem avisa amigo é.

— Não se mete com esse diabo — pediu Toin a Cícero, vendo Chico se afastar.

— Tu acha *mermo* que eu vou *deixar ele* fazer da gente o que quer? Deixo nada.

Ao chegar em casa, Cícero foi recebido pelo avô de cara amarrada.

Não custou muito para o rapaz concluir que Chico passou ali e cumpriu seu serviço porco.

Vieram os gritos de Nonato:

TU

QUER

ME

DAR

DESGOSTO

QUE

NEM

A

PIRÃO

PERDIDO

DA

TUA

MÃE,

É?

O sangue de Cícero ainda fervia pelo encontro com Chico, por isso, pela primeira vez, ele não aguentou calado os desaforos do avô:

VAI

PRA

PORRA,

VÔ!

PIRÃO

PERDIDO

É O SENHOR!

VAI

LÁ

PRO

GOGÓ

DA

EMA

ENCHER

O

CU

DE

CACHAÇA!

No mesmo instante, Cícero não soube de onde desenterrou tanta coragem.

No instante seguinte, chocou-se com as próprias palavras, mas se orgulhou da atitude.

A cara do avô era de quem tinha medo, mas tentava esconder a todo custo.

Quando Rosa e Zulmira apareceram à porta, assustadas com a gritaria, Cícero correu, quase passando por cima das duas.

Ele atravessou o cajueiro.

Passou pelo terreiro de Raquel.

Cruzou o galinheiro.

E sumiu mata adentro, onde desatou a chorar.

Cícero cruzou veredas e roçados até escurecer.

Chorou até a cabeça ficar pesada e o corpo amolecer.

Sentiu-se distante do mundo todo. A terra seca se despedaçando sob seus pés. Cícero gostaria de ser engolido por ela.

O chão poderia se abrir para carregar tudo de ruim para as profundezas que eram ele. Cícero queria sumir por entre barro, espinhos e troncos secos de árvores.

Foi assim que se pegou tendo pena de si.

Talvez esta tenha sido a pior parte.

Isso o fez lembrar do dia em que ouviu uma conversa entre Rosa e Luzimar que o deixou menor do que aqueles *mucuins* que arrancava da orelha de Leão:

LUZIMAR: Eu tenho pena do Cícero, o coitado não tem pai e ainda foi abandonado pela mãe.

ROSA: Pai ele tem, só não sabe quem diabo é.

LUZIMAR: Deus me livre d'eu *num* saber quem é meu pai.

ROSA: Nunca que eu vou deixar um *fí* meu crescer sem conhecer o pai. Primeiro que o pai dos meus *fí tudim* vai ser o homem com quem eu vou me casar, já começa por aí.

Esta conversa era antiga, mas vivia guardada num lugar da cabeça de Cícero que se abria nas horas difíceis e de lá saía esse e outros momentos que o deixavam sem rumo na vida.

Dias antes, na beira do rio, Rosa contou baixinho para Cícero, pedindo segredo:

— Eu acho que *tô* buchuda.

Havia mais de um ano que a moça andava de namoro com Edcarlos. A relação foi aceita pelos pais de ambos, mas o namoro era na sala e vigiado pelo olhar atento de Zulmira e Nonato. Nunca que eles iam imaginar que o casal dava seus pulos para conseguir seus momentos a sós.

— Menina, o vô vai te esfolar viva — sussurrou Cícero, a mão sobre a boca.

— Vai nada! É do Ed, não é de qualquer macho.

Cícero incomodou-se com o comentário, sabia o que Rosa queria dizer. Com a noite alta, depois de tanto vagar, Cícero voltou para casa.

Assim que pôs o pé na porta, provou do gosto quente e ardido do cinto de Nonato nas costas.

A cada vez que o couro acertava-lhe a pele, Cícero tinha mais certeza de sua decisão.

A decisão que tomara naquela tarde de choro e fuga.

A decisão que o menino confidenciou a Luzimar durante uma caçada.

Luzimar fez sinal para que Cícero se mantivesse em silêncio e que se abaixasse.

Quietos, viram o passarinho distraído num galho de sabiá. Luzimar esticou a baladeira, mirou e, em questão de segundos, o passarinho caiu aos pés de Cícero, morto.

Cícero segurou o bicho, olhou o ferimento entre as penas, os olhinhos miúdos sem vida, aquelas asas moles, paradas.

Passarinho morto era uma coisa tão triste de ver.

Tocando com o indicador o sangue do buraco aberto pela pedrada, Cícero sentiu-se morto como o bicho.

— Vou-me embora — confessou num sussurro. — Quero ir atrás da minha mãe.

Luzimar encarou o amigo, cético.

— Tu nem sabe por que bandas é que ela anda.

— Fortaleza!

— E por acaso tu acha que Fortaleza é que nem Carrasco, é? Fortaleza é grande, doido. O cabra se perde lá se não souber andar direito.

— A professora Toin disse que quem sabe ler não se perde em canto nenhum.

— Aquilo lá sabe de nada.

— Sabe muito mais que tu — retrucou Cícero, de cara feia.

Luzimar colocou o dedo indicador na frente da boca, pedindo silêncio.

Mirou a baladeira na direção de outro passarinho, mas Cícero não estava disposto a ser cúmplice de mais mortes:

— Bora comigo, Luzimar.

Luzimar não respondeu. Só olhou de um lado para outro, agoniado.

A pedra caiu da baladeira.

Cícero continuou:

— Só quero encontrar minha mãe, ver ela. Saber como tá. Depois a gente volta. Ou tu volta e eu fico com ela... não sei. Mas bora comigo, não me deixa ir sozinho, não.

Luzimar permaneceu em silêncio.

— Eu sei que precisa ser muito macho pra fazer isso — continuou Cícero, manipulador. — Não sei se tu teria coragem.

Luzimar sentiu-se desafiado e deu um salto de cima da pedra.

— Tá pensando o quê, doido? Eu sou macho pra fazer isso e muito mais. — Então refletiu por um instante. — Se for só pra encontrar tua mãe e voltar...

.

Os meninos saíram de casa enquanto todos dormiam.

Caía um sereno fininho no meio daquela escuridão densa e impenetrável.

Não dava para ver Cícero com um sorriso colado no rosto, contente.

Nem dava para ver Luzimar aflito, pois sabia que quando o pai descobrisse estaria lascado.

Só depois de muito caminharem é que perceberam Leão na cola deles.

— Volta! — gritou Cícero para o cachorro, atirando pedras para afastá-lo. — Volta!

— Para de gritar, macho. Deixa esse cachorro *réi* vir.

— Tá doido? Ele vai acabar se perdendo por aí.

— Pois se a gente demorar mais um pouquinho eu volto pra casa.

— Pois volta, marcha! Eu sabia tanto que tu não tinha coragem *mermo* de ir.

— Vai pra porra! Eu não tô aqui, não?

— Tá, mas já quer desistir.

— Teu avô é quem tá certo...

O sereno começou a cair mais forte.

— Talvez tua mãe nem queira mais saber de tu *mermo*.

Ao ouvir as palavras de Luzimar, Cícero empurrou o amigo com tanta força que o menino quase foi parar no chão.

— Tu não fala da minha mãe! Não fala o que tu não sabe!

De repente, o sereno tinha virado uma chuva forte.

Mesmo com raiva um do outro, correram juntos sob as gotas que se abatiam sobre eles e se refugiaram na casa de farinha.

Leão seguiu os meninos e, já abrigado, ficou ali lambendo o pelo.

Tudo era som de chuva.

E se pudesse enxergar o rosto de Cícero, Luzimar veria tristeza.

Até tentaram olhar um para o outro, buscando no escuro algum alívio para as duras palavras atiradas minutos mais cedo.

Luzimar se lembrou de que, em algum lugar por ali, havia um lampião guardado para as noites de farinhada, então saiu à procura.

Encontrou-o sob um pano empoeirado.

Logo a luz do lampião tocou as paredes de barro e madeira.

As teias de aranha.

A tristeza de Cícero.

A fúria de Luzimar.

— Um dia tu vai conseguir encontrar tua mãe. — Luzimar quebrou o silêncio, se esforçando para não soar rude. — Um dia tu vai conseguir... Mas hoje, quando essa chuva aí passar, bora pra casa?

Cícero baixou a cabeça, triste.

Ele sabia que Luzimar tinha razão, por mais que não aceitasse.

Então fez um leve meneio de cabeça, dando a viagem por encerrada.

Luzimar foi passeando com a luz por todo o local, iluminando o chão, Leão (concentrado em suas lambidas), o forno em que a massa de mandioca virava farinha, as cuias, as peneiras. Mas...

Ao levantar o lampião e deixar a luz tocar o teto, Luzimar soltou um grito tão apavorado que arrepiou Cícero da cabeça aos pés.

— O que foi?

Luzimar apontou para cima, tremendo...

E, quando Cícero lançou o olhar na direção da luz, seus olhos de menino viram o que homem nenhum seria capaz de esquecer: um corpo robusto pendendo lá no alto.

Pesado.

Duro.

Morto.

A primeira lembrança de Cícero da maior sensação de medo que teve na vida foi esta cena: Zé Gino pendurado no teto da casa de farinha com uma corda no pescoço.

Assim que o lampião se estilhaçou no chão, o breu invadiu o local e os meninos saíram em disparada.

Ao longo da vida deles, cada vez que a palavra *morte* era mencionada, aquela imagem lhes voltava à mente. O medo vinha a galope.

A poeira entrando pelo nariz.

O som da chuva caindo no velho telhado.

Os latidos de Leão ecoando lá trás enquanto corriam.

Cícero teve pesadelos constantes depois da fatídica noite. Passou a ter medo da morte, sentindo que ela era um bicho que nunca se afastava muito, rondando, chamando, insistindo. Teve medo pela mãe, não parava de pensar que o sumiço dela poderia ser *morte*.

Sempre que Luzimar fechava os olhos para dormir, via o corpo de Zé Gino pendurado bem ali na cumeeira do teto. Ao deixá-los abertos, convivia com a terrível sensação de que logo o veria de novo. Luzimar queria chorar. Queria mesmo. Só não o fez.

Enquanto isso, Leão seguiu a vida como se nada tivesse acontecido, sem traumas, com noites tranquilas de sono.

◆

Depois do terrível episódio, Toin caiu numa profunda tristeza. Além disso, ela sempre ouvia a mobilete de Chico rondando sua casa altas horas da noite.

Certa manhã, deparou-se com um veado estrebuchando à porta de casa. O bicho, quase morto, sangrava muito. Toin voltou para dentro e se trancou. Olhando para todos os lados, o medo fazendo com que visse os olhos acesos de Chico pelas frestas das janelas.

Quando Toin contou para Cícero que estava de partida, o rapaz implorou para que a professora o levasse junto.

— Não posso, menino... E tua mãe? Não deixa ela aqui sozinha, não.

— Foi ela que me deixou — disse Cícero, magoado.

— Me desculpa, Cícero... me desculpa por tudo... — Chorando, a professora abraçou o menino.

Toin deixou *Grande sertão: Veredas* de presente para Cícero:

— Um dia este livro revelará todas as verdades que o mundo te escondeu.

Alguns trechos eram marcados com caneta vermelha. Toin disse que quando o comprou, numa feirinha, as marcações já vieram junto.

Toin guardou um pequeno bilhete dentro do livro. Era a história de Diego e sua primeira vez no mar. Ao fim, a professora acrescentou:

— Espero que um dia seja você, e que alguém te ensine a olhar o mar.

Numa noite, Cícero teve um pesadelo. Tinha a mãe.

Tinha o mar.

O mar arrastava a mãe.

A mãe sorria por entre as ondas.

Era dia, mas o céu estava cheio de luzes.

Não eram estrelas. Tinha barulho. Eram fogos de artifício.

E a mãe no mar, sorrindo, foi ficando cada vez mais longe.

Até o mar engolir a mãe.

E o som dos fogos ficava cada vez mais alto.

Mais alto.

E a luz do dia era tão forte que chegava a cegar.

E Cícero acordou.

Suado, nervoso.

Foi até a cozinha tomar água.

Os galos já cantavam lá fora. Amanhecia.

E, acordado, pensando na mãe que não voltava, na professora que partiu alguns meses antes e nas cinturadas que recebeu do avô, Cícero imaginou-se no lugar de Zé Gino.

A casa de farinha.

A corda.

A chuva.

Porém, a voz de Luzimar, numa conversa com os irmãos na ida para o serviço, fez Cícero se distanciar dos maus pensamentos.

a última do LADO B

Aneci.

Cícero pediu a Luzimar que fizesse uma tatuagem em seu peito usando leite de castanha-de-caju.

Anesi, Luzimar escreveu no peito do amigo.

Cinco letras que arderam que só a peste e abriram uma ferida na pele de Cícero.

Nonato dizia que aquilo era castigo de Deus, que tatuagem era coisa do demo, coisa de bandido.

Dessa vez até Zulmira brigou com o neto, falando para que nunca mais fizesse uma presepada daquelas.

A casca da ferida era o nome da mãe.

Depois da casca arrancada, a marca ficou.

O nome de Aneci, um vulto.

•

O filho de Rosa já tinha um ano. O nome dele? Sebastião.

Assim que deu à luz, Rosa tratou de se mudar para a casa dos sogros.

Nonato não aprovou a ideia, mas também não moveu um dedo para impedir. Ficou resmungando pelos cotovelos, zangado com tudo.

Zulmira pediu para a filha deixar de vexame, que casa de sogro não era bom, falava por experiência própria. Mas não teve outra. Edcarlos avisou aos pais que a mulher e o filho estavam de chegada.

Chico prometeu ao casal que em breve eles teriam a própria casa.

Uns meses depois, a casa de Rosa e Edcarlos já era erguida ao lado da de Chico.

Quando começou a ganhar mais dinheiro, Chico Metero realizou logo o sonho da esposa: comprou uma televisão. Agora era lá que a vizinhança se reunia para assistir às novelas.

Numa dessas noites, enquanto as senhoras alertavam Bruno Mezenga de que Léia o traía (como se o personagem pudesse ouvi-las), Cícero e Luzimar fumavam escondidos na casa ainda sem teto de Rosa e Edcarlos.

Sentados no chão de barro, passavam o cigarro um para o outro.

Silêncio.

— Quando a gente vê um bando de estrelas assim juntinhas, que nem um enxame de abelhas — disse Cícero, os olhos grudados no céu. — Sabe o que a gente tá vendo?

— An? — perguntou Luzimar, meio sem interesse, criando vultos de fumaça.

— Uma constelação.

Luzimar lançou um sorriso debochado para o amigo ao lhe entregar o cigarro.

— O que foi? — quis saber Cícero.

— Não, é que às vezes tu fala umas coisas nada a ver... acho engraçado. Tu tem nome e explicação pra tudo.

— Tu é *mermo* um besta — brincou Cícero depois de puxar um trago.

Aos risos, Luzimar apertou o ombro de Cícero.

E Cícero queria que aquela mão o tocasse por delongado tempo.

Que aquela mão lhe apertasse em outros lugares.

Alcançasse partes ainda inexploradas de seu corpo.

Isso porque, de uns tempos para cá, Cícero passou a olhar Luzimar de outro jeito.

Com demora,

anseio,

desejo.

Quando Luzimar o cumprimentava com aperto de mão, Cícero não queria soltá-lo nunca mais.

Cícero era capaz de entender as palavras espalhadas sobre a página de um livro, mas custava a se dar conta do que significava a frequente fuga de seus pensamentos para mais perto de Luzimar, tão perto que os pelos do corpo de um confundiam-se com os do outro.

Uma vez Luzimar lhe apareceu num sonho, e Cícero acordou achando que tinha feito xixi.

Cícero era para Luzimar uma voz gritando sobre liberdade, sobre o mundo lá fora, mesmo que aquele menino nunca tivesse botado os pés em outro lugar.

Mas é que Cícero entendia de imaginação e sabia perguntar de sonho.

Luzimar mantinha os dois pés bem firmes na terra, mas gostava de vivenciar os voos que Cícero lhe oferecia ao falar das coisas que só existiam nos livros.

Numa tarde cinza e vagarosa de chuva, Luzimar viu Cícero chorar atrás do cajueiro.

E teve vergonha de aparecer, de perguntar qualquer coisa, não queria que Cícero soubesse que tinha sido visto chorando, pois se um dia lhe acontecesse de chorar, não gostaria que ninguém tomasse conhecimento.

Só que ele não achou direito abandonar o amigo assim, tão sozinho e triste.

Cícero secava os olhos usando o braço direito.

Olhava as flores que nasciam no mandacaru.

Gostava do cheiro que a chuva deixava nas folhas secas ao cair sobre elas.

Cícero sentia pena dos calangos e dos passarinhos que acabavam na mira da baladeira de Luzimar.

Arrependia-se tanto de ter matado o javali anos antes.

[Luzimar achava um desperdício ele ser tão bom de mira.]

Cícero zarpava pelo terreiro, puxando um pano velho que Leão perseguia, enquanto Nonato reclamava daquela brincadeira:

— Para com isso, peste! O cachorro vai ficar valente!

Valente era Cícero, que um dia enfrentou o avô para defender a mãe.

Valente era Cícero, pulando do galho mais alto da ingazeira, direto no rio.

Luzimar era forte, mas foi Cícero quem lhe ensinou a ser valente.

Desafiou-o a engolir os caroços de pitomba, apontou o sol no meio do céu e explicou-lhe o meio-dia.

Quando caía uma chuva passageira durante uma tarde de sol, Cícero dizia que em algum lugar no meio daquele mato um casal de raposas se casava.

Cícero perguntou sobre o sonho e Luzimar se lembrou do mar. Cícero sentia remorso do mar.

Sentia como se a praia fosse a culpada pelo sumiço da mãe.

A praia lhe tirou quem ele mais amava.

Mas Luzimar continuava ali.

O tanto que se davam bem, dois amigos entre o rio, o sonho e o mar.

No alto da ingazeira.

No intervalo entre o voo e o mergulho.

No tempo que podiam passar sem respirar debaixo d'água.

Na companhia um do outro, na sombra do cajueiro, na confiança da amizade eterna.

No amor que entre eles existia. Um amor de meninos em plena terra dos homens.

O amor era aquele acordo do braço de um sobre o ombro do outro. Anoitecendo no alpendre, em que o mundo era feito de latidos, sininhos de gado tocando ao longe, brisa fria e histórias de assombração.

Cícero passou a se lembrar, com frequência, da vez que, após chorar de saudade da mãe, adormeceu sobre o peito de Luzimar.

— Um dia eu vou te ensinar a olhar o mar — prometeu Cícero ao amigo.

Agora tinha uma música naquela fita de Zezé e Luciano que Cícero ouvia só para pensar em Luzimar.

A última do LADO B.

"Cama de capim."

A dupla cantava: *Se o tempo pudesse parar, era só eu e ela. O sol era uma janela aberta pro paraíso*.

Cícero olhava o corpo de Luzimar esticado na areia molhada do rio e entendia perfeitamente o que a canção queria dizer com *"Só um deus pra não pecar"*.

Cícero e Luzimar sentiram-se homens inteiramente feitos no sábado em que rasgaram a noite a bordo da mobilete de Chico, espalhando gritaria e poeira até chegarem ao Gogó da Ema, onde compraram:

1 Garrafa de Ypióca Ouro;

2 Biscoitos recheados de morango;

4 Chicletes de hortelã.

De lá seguiram para a beira do rio e ficaram bêbados antes mesmo de alcançarem a metade da garrafa.

Cícero passou a pensar na mãe.

Lembrou-se do pesadelo em que a via sendo engolida pelo mar. Então caiu num choro desesperado.

Zonzo, sem entender o que o amigo tinha, Luzimar entregou a cachaça para o rapaz e mandou que ele bebesse mais um gole.

Assim Cícero fez.

Agora estava mais bêbado e o choro, mais intenso.

Cícero chorava tanto e tão alto que Luzimar desatou a rir.

Inconformado com os risos, Cícero apanhou um monte de terra e atirou no rosto do amigo, que revidou ao acertar um biscoito recheado na testa do outro.

— Eu vou te contar aqui uma coisa que não tenho coragem de admitir pra mais ninguém — disse Cícero, entre fungadas.

Luzimar conseguiu controlar a risada e se concentrou em Cícero, que continuou:

— Eu acho que minha mãe não volta mais, não.

E chorou outra vez, mas agora tinha Luzimar bem perto. Tão perto que podia deitar a cabeça no ombro dele.

— Deixa de ser besta — falou Luzimar. — Aposto que... que ela tá é dando um tempo pra tu sentir mais saudade.

— Ave Maria, ela quer que eu morra de tanta saudade, é?

— Morre nada... vaso ruim não quebra, não.

— Teu rabo — xingou Cícero, dando uma cotovelada de brincadeira nas costelas de Luzimar.

A cabeça de um ainda deitada sobre o ombro do outro.

O som de correnteza e de grilos preenchendo o silêncio.

Luzimar remexeu nas lembranças:

— Tu se lembra daquele nosso retrato que ela tirou?

— Lembro demais... eu até tirei um dela.

— Eu sou doido pra ver... Ê animal feio que devia ser quando era mais novo.

— E quando foi que tu deixou de ser?

— Ah, vai pra porra, vai! — gritou Luzimar, empurrando Cícero e se pondo de pé. — Eu vou é me molhar. — E arrancou a camisa.

Os olhos de Cícero cresceram diante daquele corpo que tão bem conhecia, mas que só agora parecia se revelar.

Parecia humanamente impossível manter-se indiferente aos braços de Luzimar, às pernas sendo engolidas pelo rio, aos mamilos avisando que a água poderia estar um tico fria.

O que havia de diferente?

— Tu não vem? — perguntou Luzimar.

Cícero rememorou tardes anteriores.

Correu do instante presente até todos os passados possíveis de serem alcançados pela memória.

Viu os meninos.

[Eles dois.]

Rindo.

Saltando.

Mergulhando.

Nadando.

Brincando.

Nunca tinha sido assim, nunca.

Cícero entrou na água, mas a sensação foi bastante esquisita.

Era como se o rio fosse cheio de uma substância viscosa, pesada.

O estômago de Cícero começava a se revirar, mas ele seguiu em frente.

A visão turva, como se olhasse Luzimar lá do fundo do rio, e não ali, na superfície.

Perto. Cada vez mais perto.

Agora eles tinham o rosto quase encostando-se um no outro.

Gotinhas escorriam de suas peles e voltavam ao lar.

Com água até um pouco acima da cintura e a respiração de um alcançando a do outro, por alguma ordem muito íntima e poderosa, Cícero inclinou-se até que sua boca pudesse pousar na de Luzimar.

Até sentir o bafo da cachaça.

Um...

Dois...

Três segundos.

[Ou menos.]

Nem chegou a ser um beijo de verdade, foi mais uma intenção, um ensaio.

Luzimar espalmou a mão sobre o peito de Cícero e o afastou, rápido.

Nervoso, Cícero lutou contra o peso da água e correu até a superfície, caindo de joelhos assim que alcançou a margem.

Uma sensação horrível tomou conta de seu interior e ele pôs tudo para fora, de uma vez só. Sentiu como se até os órgãos tivessem sido lançados na areia.

Após isso, sentindo-se fraco, Cícero deitou no chão, bem ao lado do vômito quente.

As estrelas tinham um brilho turvo.

Luzimar, numa mistura de confusão e agonia, foi ao encontro do amigo, querendo saber se estava bem. Com vontade de dizer *não*, Cícero respondeu com um doloroso *talvez*.

Então ficaram ali em silêncio, fingindo não se lembrar do que aconteceu minutos atrás.

— Sabe quando a gente vê um monte de estrelas juntas...

E Luzimar o interrompeu:

— Tu já me disse isso.

— E o que é que tu tá vendo?

Luzimar não respondeu.

Cícero conseguia ouvir a respiração pesada de Luzimar.

Instantes depois, também conseguia sentir a mão gelada de Luzimar apertando-lhe o ombro.

A nuca.

O pescoço.

Agora sentia o corpo molhado de Luzimar sobre o dele.

Até se sentirem e se unirem num beijo quente e carregado de álcool.

Nessa noite, mesmo de olhos fechados, Cícero viu constelações.

No fim, esconderam a garrafa de Ypióca pela metade numa loca de pedra, coberta por folhas, e foram embora de peitos nus, perdendo as mãos nos pelos um do outro.

No entanto, depois do beijo, os dois não conseguiam mais se encontrar.

Era difícil encarar o outro.

Evitavam ao máximo estarem juntos com outras pessoas e, quando acontecia, mantinham certa distância e tentavam evitar até mesmo o contato visual. Tinham a impressão de que qualquer gesto, por mais simples e prosaico que fosse, poderia incitar a desconfiança de alguém.

Nada mais era como antes.

Só que, ao mesmo tempo que se encontravam tão afastados, nunca haviam se sentido tão próximos.

Mesmo sem as conversas à sombra do cajueiro.

Ainda que sem os mergulhos no rio.

Por mais que tudo parecesse tão diferente.

A presença de um fazia-se ainda mais viva e forte no outro.

Luzimar se lembrava de uma vez quando Cícero deitou a cabeça em seu peito.

Estavam lá no cajueiro.

Cícero chorava.

Nunca sabendo lidar direito com essas coisas, Luzimar deixou que Cícero encostasse a cabeça em seu ombro.

E, após se mexer um pouco, a cabeça de Cícero foi parar em seu peito.

Luzimar suspendeu os braços, pensando se deveria encostar nele ou não.

Depois de tanto tempo na mesma posição, Luzimar sentiu-se cansado e chamou por Cícero, que tinha caído no sono.

balada do amor noturno
— rio, cachaça e forró

O ponteiro da bússola do coração de Cícero insistia em apontar para o mesmo norte.

Diabo de sentimento teimoso!

Era só assistir ao Luzimar passando de mobilete pela estrada para o coração de Cícero fazer uma baderna danada no peito.

Ao cruzar a casa de Cícero, Luzimar carcava o dedo na buzina, que tinha som de pato rouco, e o rapaz via o outro passar olhando pela brechinha na janela por onde Zulmira dava conta do ir e vir de pessoas na estrada.

E, caindo os olhos sobre Luzimar, o corpo de Cícero degustava sensações desconhecidas.

O coração se alargando até nele caber cada pedra da estrada e todos os destinos aos quais ela podia levar.

Até caber todas as revoadas da manhã, os calangos verdes, todas as lembranças do cajueiro.

Até caber aquele rio que nunca encontraria um mar.

Até caber o sertão inteiro.

Que tudo lhe coubesse, entrasse, se amontoando e o expandindo. Cícero sentia que a vida já costurava um fim para os dois.

Desde o ano anterior, quando começou a trabalhar para Chico Metero, que ele juntava dinheiro numa latinha de margarina.

Cada centavo era destinado ao maior sonho de Cícero: sair em busca da mãe.

Sabia que ninguém o apoiava quando o assunto era este. Só Zulmira era que parecia dividir toda essa saudade e agonia com o rapaz, mas até ela não gostava dessa história do neto cair no mundo atrás de Aneci.

Mas ele iria, não tinha quem o tirasse desse caminho.

Após longos meses mantendo distância, Cícero e Luzimar voltaram juntos ao rio.

Voltar foi como quebrar uma maldição.

O peso do beijo saiu-lhes das costas.

Ali.

Ao som da correnteza, com o sol queimando as nucas.

Luzimar não queria falar nada. Ter Cícero ao seu lado já bastava.

Não era preciso esticar o braço para um tocar no outro.

Não era preciso dizer palavra para saber o que sentiam.

Os olhos de Luzimar nos de Cícero.

Seus corpos, perto demais, ameaçavam explodir.

Todos os desejos e sentimentos se condensavam.

Cícero não estava disposto a seguir lutando contra os desígnios carnais. Enfrentaria o que tivesse de enfrentar, pagaria o preço que fosse cobrado por seu ato, mas queria guardar Luzimar num abraço, cuidá-lo.

Cícero queria encostar a boca na de Luzimar.

E queria se fazer demorar.

Que anoitecesse &

o ano acabasse &

os dois envelhecessem &

o mundo se desmanchasse.

Cícero queria e queria com tanta força...

Luzimar também. Mas tinha medo de que Cícero ainda não estivesse pronto.

Então tiveram a ideia de irem ao Gogó da Ema.

Foi a primeira vez que se sentaram à mesa de um bar para tomar cachaça.

Nambu colocou uma fita da banda Cavalo de Pau para animar os clientes.

Mais tarde, mesmo embriagados de fechar os olhos e sentir o mundo girar nas beiradas, Cícero e Luzimar continuaram bebendo como se não houvesse amanhã.

Nambu passou fumando um cigarro e Luzimar cismou que também queria um, então a mulher foi lá no balcão, pegou uma carteira de cigarro, um isqueiro e entregou ao rapaz.

Ele colocou o cigarro entre os lábios e deu o isqueiro para que Cícero acendesse.

O cigarro ora estava entre os lábios de Cícero, ora nos de Luzimar, como nos velhos tempos.

Cícero se concentrou na música que começava a tocar e cantou junto:

Há muito tempo que eu te quero

Espero por você

Dizer que estou apaixonada

Mas fico calada, o que vou fazer?

De repente, Cícero ficou de pé e chamou Nambu, que correu ao encontro do rapaz, e os dois se uniram numa dança agarrada no meio do salão.

Quando estou pensando nele
Esqueço quem sou
Um dia vou criar coragem
Timidez é bobagem, bonito é o amor.

Durante a dança, Cícero e Luzimar se concentraram um no outro, se buscando com os olhos, se encontrando.

Era como se dançassem coladinhos.

Só eles e a música.

Dois homens dançando forró juntinhos.

Os olhos deles parados no tempo enquanto giravam pelo bar.

Cícero estava na companhia de quem ele desejava.

Dançando com quem queria dançar.

Mesmo em pensamento.

Esta dança poderia ser eterna, que suas pernas ficassem bambas de tão cansadas, ainda assim ele não abandonaria a dança que imaginava dividir com Luzimar. Cícero agora sabia que tinha nascido num bar que tocava forró, numa noite de sábado, entre garrafas vazias, algazarra de gente bêbada e bolas de sinuca.

No meio da madrugada, ao deixar Cícero em casa, Luzimar sentiu que era o momento certo para abraçar o rapaz.

E assim o fez.

Nesse abraço, ficaram os dois durante um longo tempo, sozinhos no meio da escuridão do terreiro.

Até Leão aparecer, lamber o pé de Cícero e fazê-lo rir.

Chegando em casa, Luzimar encontrou Chico dormindo dentro da pampa. Era assim todo sábado, ele chegava bêbado depois da meia-noite e pegava no sono ali mesmo. O rapaz abriu a porta do veículo com todo o cuidado para não acordar o pai e se sentou ao lado dele. Não tentou dormir, apenas pensou em Cícero.

Cícero segurando sua mão.

Cícero dormindo em seu peito após o choro.

Cícero encostando os lábios com gosto de cachaça nos dele.

O abraço de Cícero.

Com Chico roncando ao lado, pela agonia que pensar em Cícero lhe causava, Luzimar enfiou a mão dentro da bermuda e...

Continuou pensando em Cícero.

"os livros têm seus segredos"

Era um fim de tarde.

Cícero e Luzimar descansavam sob o cajueiro após o trabalho.

Agora que tinha dezoito, Cícero decidiu que era o momento de ler *Grande sertão: Veredas*.

Mas a leitura continuava indigesta, quase indecifrável.

Cansado e sem conseguir se concentrar direito, Cícero passou a ler os trechos marcados em vermelho:

"Aquele lugar, o ar. Primeiro, fiquei sabendo que gostava de Diadorim — de amor mesmo, amor mal encoberto em amizade. Me a mim, foi de repente, que aquilo se esclareceu: falei comigo. Não tive assombro, não achei ruim, não me reprovei — na hora. Melhor alembro."

Parando só para olhar Luzimar ao lado, Cícero continuou, agora em voz alta:

"O nome de Diadorim, que eu tinha falado, permaneceu em mim. Me abracei com ele. Mel se sente é todo lambente. 'Diadorim, meu amor...' Como era que eu podia dizer aquilo?"

Luzimar passou a observar Cícero em sua leitura.

"E como é que o amor desponta?"

No ano anterior, na segurança que o rio parecia lhes proporcionar, Cícero e Luzimar voltaram a ficar perto demais.

Cícero pegou o sabão que usava para se ensaboar e o fez deslizar pelo corpo nu de Luzimar.

Braços e ombros.

Costas e pernas.

Usou a bucha para esfregar cada parte ensaboada.

Mas, ao encostar no pescoço, Luzimar implorou para que Cícero parasse, pois morria de cócegas.

Cícero não parou, só por diversão.

Luzimar tentava impedi-lo, mas estava muito escorregadio.

Dando uma trégua, Cícero pediu para que Luzimar se sentasse.

Então Cícero pôs-se de joelhos e lavou os pés encardidos do rapaz, sentindo o peso daqueles olhos sobre a nuca, tocando o espaço vazio do pé esquerdo, no qual faltava o mindinho.

Voltando a ficar de pé, Cícero correu o pedaço de sabão pelas costas de Luzimar. Com as mãos em forma de concha, Cícero buscava a água que derramava sobre o rapaz. Não importava quantas vezes tivesse de ir e voltar, só pararia quando cumprisse o ritual.

Um desejo latejava por todo o corpo de Luzimar. E cresceu quando os dedos de Cícero, cheios de sabão, penetraram por entre seu cabelo, as mãos envolvendo-lhe a cabeça, os joelhos dele encostando em suas costas.

Luzimar queria responder aos instintos, cumprir as ordens de seu corpo, que gritava, gritava muito, chegava a implorar para que Luzimar saciasse de uma vez por todas a sede que se prolongava desde muito antes do *beijo*.

"Coração cresce de todo lado. Coração vige feito riacho colominhando por entre serras e varjas, matas e campinas. Coração mistura amores. Tudo cabe."

Cícero projetou-se naquele pedaço de sabão.

Fez o que queria fazer.

Foi aonde queria ir.

Deslizou com liberdade, alcançou o desconhecido.

O cabelo meio endurecido de Luzimar espetando levemente suas mãos.

Sempre o rio, o único a testemunhar as intimidades dos dois. Só podiam confiar nele e um no outro.

A vida ainda costurava o fim?

Se sim, que tudo acabasse no domingo, o dia em que Luzimar prometeu que o levaria para dar uma volta de pampa.

Que domingo fosse o fim.

O fim da vida, do sertão, do mundo todo...

Luzimar cumpriu com a palavra e levou Cícero de carro até o Alto dos Farrapos.

Ali encontravam-se os dois, tão pequenos diante do sertão gigantesco que se revelava adiante.

As matas espinhosas.

Os milharais secos.

Os currais dos bois.

A fumaça saindo das chaminés das casas.

Vendo tudo assim tão de longe, era como se pertencessem a um outro mundo.

Os limites do céu já todos manchados de um laranja forte e bonito.

— Será que o povo lá embaixo consegue ouvir a gente? — perguntou Cícero, correndo até a pampa, subindo na carroceria e gritando: — Ei, vó!

— Nunca que ela vai te ouvir, doido — disse Luzimar, juntando-se a Cícero.

O sol cada vez mais longe. O alaranjado esmaecido misturando-se ao tom de rosa.

O Alto dos Farrapos era como o último lugar do sertão que o sol ainda tocava.

Sentindo que não existia mais ninguém no mundo além deles dois, Luzimar puxou Cícero e o beijou com o desejo que crescia dentro de si desde o primeiro toque.

O beijo forte de um amor trancafiado a sete chaves.

Luzimar apertou o corpo de Cícero contra o dele.

Calor e desespero.

Não era mais ele.

Não era mais Cícero.

Não eram mais amigos.

Não eram mais nem homens, nem gente... Não eram mais nada.

Melhor pensar assim, que não eram nada, que nem ao menos existiam.

Que tudo era só ali e em nenhum outro lugar, que tudo era agora e nunca mais.

Pouco a pouco a noite os inundou, fazendo-os sumir.

Nus e tão longe do rio.

Deitados na carroceria, Cícero e Luzimar sentiram-se desordeiros, pecadores, errados, sujos e felizes.

Os únicos e mais felizes homens em toda a terra.

Foram aonde nunca haviam estado, ultrapassaram todos os limites e obstáculos.

E agora, ali sob o cajueiro, ao lado de Luzimar, Cícero lia as palavras de Riobaldo, que traduziam perfeitamente o que havia sido para ele aquele momento:

"Aquilo me transformava, me fazia crescer dum modo, que doía e prazia. Aquela hora, eu pudesse morrer, não me importava."

Tarde da noite, sozinho na cozinha, Cícero chegava ao fim do livro quando encontrou uma página colada na outra.

Ele se concentrou para ter certeza de que eram mesmo duas páginas.

Percebeu um volume protegido pelas duas. Colocando o livro contra a luz, vendo as palavras emboladas umas nas outras, viu a silhueta de algo dobrado lá dentro.

Separando-as com todo o cuidado para que não as danificasse, descobriu que no espaço entre elas guardava-se uma carta.

Apesar de tremida, como quem escreve com nervosismo e rapidez, Cícero reconheceu a letra de Toin gravada no papelzinho fino.

E se emocionou.

Foi como reencontrar a pessoa que tanto lhe ensinou.

A carta dizia:

"Cícero ainda menino ou Cícero homem?

Não sei quem está lendo esta carta, mas espero que qualquer um dos dois tenha bastante força para aguentar o que estas linhas mal traçadas se dedicam a revelar. Eu sofria muito ao vê-lo sempre ao meu lado, me faltando a coragem de te contar. Eu sofria ao imaginar você, ainda tão pequeno e sonhador, tendo que suportar uma dor deste tamanho caso eu não tivesse sido engolida pelo medo. Sinto que estou errada de todas as formas e chega a ser um grande atrevimento meu pedir que me reserve uma pontinha desse seu perdão.

O meu maior erro foi ter sido covarde diante do que testemunhei.

Cícero, se até hoje sua mãe não voltou, não apareceu e você nunca teve notícias... é porque ela nunca deixou Carrasco desde a última visita..."

O coração de Cícero palpitava com brutalidade dentro do peito.

Ele precisou enxugar os olhos para continuar lendo.

"Sua mãe ficou presa nesta terra.

Me dói escrever isto. Mas é ela quem está enterrada debaixo do meu canteiro."

Cícero sentiu a respiração falhar por alguns segundos.

"Me perdoe, Cícero, me perdoe.

Eu a vi chegando para esperar o carro do Seu Atual. E vi quando Chico Metero apareceu e a arrastou para a beira do rio."

Cícero deixou o papel cair.

Abriu a boca para gritar, mas foi tomado por ânsia de vômito e calafrios.

Encolhido no chão, ele pegou a carta e passou os olhos muito rapidamente pelas últimas linhas.

As mãos de Cícero tremiam. Suas pernas pareciam não suportar o peso do corpo.

Queria chorar, gritar... Queria sair correndo, desaparecer, explodir.

Amassando a carta, começou a esmurrar a própria cabeça.

Sentindo-se perdido, Cícero encarou por um longo tempo a espingarda do avô pendurada acima do fogão.

raposa no galinheiro

Em plena madrugada.

Rosa despertou com a gritaria que vinha lá de fora. Ao lado dela, Edcarlos roncava alto.

A mulher sacudiu o marido.

— Ed... Ed...

— Hum? — resmungou Edcarlos, ainda sonolento.

— Tu tá escutando essa zoada?

Não obtendo resposta, ela acendeu a luz, olhou o pequeno Sebastião que dormia na rede e depois abriu uma brechinha da janela.

Rosa reconheceu a voz de Cícero, mesmo que num tom diferente, atravessado de agonia.

Ouvia-o gritar:

— Maldito! Eu vim aqui pra fazer tu pagar pelo que tu fez com minha mãe!

— Acorda, Ed! — disse Rosa, antes de sair pela porta da cozinha e atravessar o terreiro de casa até parar à porta de Chico, onde se deparou com a seguinte cena:

Cícero parado no meio do terreiro, apontando a espingarda de Nonato para Chico, que era cercado por Bartiano, Fransquim, Jair e Luzimar. Raquel rezava em meio ao desespero, ajoelhada à porta.

— Tu tá doido, é, Cícero? O que diabo foi que te deu? — perguntou Rosa.

— Foi ele, Rosa! Foi ele que fez besteira com minha mãe! — disse Cícero, perturbado, caindo no choro.

Ainda sem entender nada, Rosa olhou para Raquel, precisava de uma explicação.

— Ele chegou aqui batendo na porta, gritando que ia matar Chico, que é o culpado pela mãe dele não voltar e mais não sei o quê... — relatou Raquel, aos prantos.

Rosa nunca vira Cícero naquele estado. Estava preocupada e com medo. Decidiu que o melhor a fazer seria chamar os pais, por isso, olhando para o sobrinho, seguiu pelo caminho da casa onde cresceu.

O sertão amanheceu cinza.

Uma dor muito grande comprimia o corpo de Cícero. Com a veia da testa saltando para fora, as pernas bambas e pesadas.

Cícero preferia mil vezes que a mãe não o amasse mais, que ela o tivesse abandonado, que passasse todas as viradas de ano na praia...

Que nunca mais na vida a visse, mas não por morte nem doença.

E partiu para cima de Chico a passos largos.

Luzimar e os irmãos protegiam o pai, empurrando-o para dentro de casa, mas o homem não recuava, queria ficar e enfrentar a fúria do rapaz.

Cícero se sentia em queda livre.

— O que diabo tu acha que eu fiz com a tua mãe, rapaz? — perguntou Chico, tranquilo demais para alguém que tinha o cano de uma arma quase encostando no peito.

— Para de se fingir de doido, tu sabe muito bem!

— Até parece que quem tá ruim do juízo é tu. Te orienta, cabra!

— Deixe disso, Cícero... você é um rapaz bom, nós aqui em casa não temos nada a ver com sua mãe — pediu Raquel.

— Teu marido é o pior bicho que já pisou na face da terra, tia Quel! — gritou Cícero.

Cícero tremia diante do homem que lhe tirara a mãe. O suor frio escorrendo na testa, o ódio corroendo por dentro.

— Bora, Cícero, para com isso. Agora! — mandou Luzimar. Voz firme, olhos suplicantes.

— Deixa, Luzimar, deixa... — falou Chico. — Bora ver se ele é macho *mermo*.

Luzimar, sem pensar que poderia ser uma atitude precipitada, partiu para cima de Cícero, empurrando-o para longe do pai.

Cícero travou diante do rapaz que amava.

— Sai daqui! — pediu Luzimar.

— Teu pai matou minha mãe!

— De onde tu tirou essa história sem pé nem cabeça, homem?

— Do rabo! — disse Chico. — A rapariga da mãe dele some no mundo e o culpado sou eu?

— Tu matou ela, desgraçado! Tu matou, sim!

Edcarlos acordou, mas não encontrou Rosa na cama.

Olhou ao redor. Sebastião dormia na rede.

— Rosa?

Uma confusão vinha lá de fora.

Ele se levantou cheio de pressa e correu para saber o que acontecia na casa do pai.

Foi quando veio o disparo.

.

Aos gritos, Cícero voltou a olhar na direção de Chico, no entanto, Luzimar se colocou na frente e derrubou Cícero no momento do disparo.

Cícero sentiu o impacto nas costas e fechou os olhos de dor.

Luzimar segurou a mão de Cícero, que ainda segurava o gatilho, contra o chão.

Ao ouvir o disparo, quando ainda explicava para os pais o que estava acontecendo, Rosa correu de volta para o terreiro de Chico.

No silêncio que se instaurou por alguns segundos, Cícero ouviu gritos abafados, tudo parecendo tão distante.

Ao abrir os olhos, um céu morto,

cinza. A espingarda deitada

ao lado dele.

Ao se levantar, Chico, Luzimar e Rosa ao redor de um Edcarlos caído, sangrando.

Tudo era poeira e sangue.

Pegando a arma, entre tremores e lágrimas, Cícero disse que não tinha a intenção de fazer aquilo com Edcarlos, que não era sua culpa.

Cícero viu a chegada da avó, que chorava e chamava por ele.

Nonato trazia o cinto de couro na mão e fuzilava o neto com o olhar.

E Rosa, ajoelhada no chão, aos prantos, pedia a Deus pela vida do marido.

— TU VAI DAQUI DIRETAMENTE PRAS PROFUNDEZAS DO INFERNO, SEU *FÍ* DE QUENGA! — gritava Chico, apontando para Cícero e babando feito um bicho.

Cícero correu, embrenhou-se na mata.

— EU VOU ATRÁS DE TU! EU VOU TE CAÇAR COMO QUEM CAÇA UMA RAPOSA QUE ANDA COMENDO GALINHA!

Cícero corria, perseguido pelas ameaças ferozes de Chico.

Corria e se sentia engolido por um labirinto de espinhos e galhos secos agarrando-lhe a pele.

Não importava para onde olhasse, tudo tinha a mesma cor poeirenta e claustrofóbica.

Mas não podia parar, mesmo cansado e com sede, mesmo com o peito ardendo.

Mesmo não sabendo para onde ir, quem procurar.

Cícero sentiu-se morto como a mãe, enterrado, sozinho.

Sentiu o sertão estremecer sob seus pés e se agigantar diante dele.

Tudo para ele sentir medo, para fazê-lo se perder, desistir.

Para, no fim, morrer sobre terra quente e espinhos.

a manhã de Zulmira

Zulmira tinha nítida na memória a primeira vez que segurou Cícero nos braços.

— Tão nutrido — disse ela, levantando aqueles bracinhos miúdos.

Fazia dois anos que não via Aneci e agora tinha em casa a filha e um neto.

— Nós vamos embora depois do Ano-Novo — respondeu Aneci ao ser questionada pela mãe se estava ali para ficar.

Era 22 de dezembro, Zulmira queria mais tempo para aproveitar o neto, aquela criaturinha que acendeu uma coisa boa dentro dela assim que chegou. Que lhe aqueceu partes quase mortas e geladas desde a partida do caçula.

E ela se dedicou ao neto de tal maneira que ninguém mais a via separada do menino. Fazia mingau, dava-lhe banho no rio, andava com ele para cima e para baixo no terreiro para tomar o solzinho da manhã.

Zulmira aconselhava Aneci a batizar logo o menino:

— Não vai deixar meu neto crescer pagão, não.

— Batizado é besteira — retrucava Aneci, o que deixava Zulmira espantada e preocupada com a possibilidade de o menino crescer sem virar cristão. O que diabos é que a filha tinha se tornado naquela Fortaleza? Zulmira queria proteger o neto e lhe dar outro destino. Imaginava o menino crescendo numa cidade grande, cercado de tudo o que não presta. E ainda por cima pagão, *Deus defenda!*

Sempre que Zulmira balançava Cícero na rede para o soninho da tarde, ela reparava naquele jeito faceiro dele de colocar a mãozinha embaixo do queixo antes de adormecer.

Sebastião fazia igualzinho.

Então ela se via deixando escapulir umas lágrimas que secava com a pontinha do polegar, o mesmo dedo usado para fazer o sinal da cruz na testinha do menino.

Na noite de réveillon, após colocar Cícero para dormir, Zulmira assistia com desaprovação a Aneci tropeçar de bêbada ao dançar forró com Edcarlos, então foi até a filha e a puxou para o quarto onde o menino dormia.

O som alto e a algazarra continuavam lá fora, ali dentro o ambiente era iluminado pela luz da sala. Zulmira segurava o braço de Aneci enquanto mandava que ela olhasse para o filho, a ordem saindo baixinha, mas forte, entre dentes.

— Diacho, mãe, tô olhando! — gritou Aneci.

— Fala baixo — alertou Zulmira, calcando com força o lábio inferior de Aneci.

Aneci se desvencilhou da mãe e fez que ia sair do quarto, mas foi impedida por uma Zulmira áspera e determinada.

— Eu vou criar o menino — anunciou a mulher. — Não vou deixar tu levar ele mais, não.

— Você tá é doida, mãe? Eu não vou largar meu filho aqui, não. Não tem nem perigo!

— Aqui eu vou batizar ele, educar bem direitinho...

— De jeito nenhum... Não quero que ele cresça longe de mim. Eu vou levar Cícero comigo, sim. Pare de ser doida.

Acuada como um bicho prestes a perder a vida, Zulmira recorreu a algo que não queria, que se arrependeu no instante em que disse, mas era orgulhosa o bastante para não voltar atrás.

— Pelo menos ele ainda vai *tá* vivo. Aqui. E tu vai poder ver ele toda vez que *vier*.

Aneci paralisou. Os dedos da mão se enrijeceram. Se fechasse os olhos, podia ver o irmão pequeno caído no chão empoeirado do alpendre. Se debatendo. E Zulmira ajoelhada, pedindo a Deus para dar saúde ao filho. O rosto coberto de lágrimas. Zulmira cobrindo Aneci de tapas.

— Tu matou meu menino, sua maldita! Tu matou meu menino!

Era uma brincadeira inocente.

Aneci — um [outro] miniconto

À margem do rio, Aneci entrelaçava no cabelo delicadas florzinhas do mato. O tempo todo seu olhar se voltava para Sebastião, teimosamente entregue às travessuras da beira do rio, apesar das reprimendas da irmã, que repetia, assim como a mãe: "Tu olha, que essa correnteza é traiçoeira". Provocando Aneci, Sebastião soltava que ela estava toda enfeitada só porque Edcarlos disse que os encontraria no rio. Ela fingia incômodo, mas o risinho distraído entregava toda a verdade, Sebastião estava certo. O leve momento entre os irmãos foi enturvado pela inesperada chegada de Chico. Este, destrinchando uma das flores do cabelo de Aneci, mandou que ela tirasse o vestido e fosse nadar, "Tá fazendo um calor da peste". A menina, contudo, o ignorou. Impulsionado pela rejeição, Chico a pegou pelo braço e a conduziu para longe dos olhares de Sebastião. Ela até tentou resistir, se ver livre, mas sua força de menina não surtiu efeito contra a brutalidade de um homem-feito. Pétalas foram caindo pelo caminho até ela sentir a dureza de pedrinhas miúdas nas costas assim que foi atirada no chão, por entre folhas mortas. As flores se desprendiam dos fios de seu cabelo enquanto, em vão, ela se esforçava para deter a invasão de seu ingênuo corpo por aquele homem. O Cabra-cabriola. Sob o olhar de Aneci, o céu azulado daquela tarde nublou de repente. Largada por aquele bicho, que a devorou o quanto quis, Aneci era só mais uma daquelas folhas caídas, frágeis, secas, que se quebravam por qualquer coisa. Porém, mesmo dilacerada e contundida, Aneci centrou toda a preocupação dela no irmão. Como se o tormento que recém-vivenciou não bastasse, ao voltar à margem: cadê Sebastião? Desesperada, Aneci se lançou nas águas, chamando pelo irmão, com a correnteza inabalável ameaçando arrastá-la também. Bem que ela queria.

Fim do [outro] miniconto de Aneci

Zulmira teve pena da filha. Claro que teve, ela não era o diabo. Mas criou o menino com tanto amor e cuidado. E, todo ano, Aneci podia visitar o filho.

Nunca foi a intenção de Zulmira criar Cícero apartado da mãe.

As vizinhas perguntavam:

— Por que tu não ensina ele a te chamar de mãe?

— Eu não, pra quê? Não vou enganar o menino.

Já devia ser doloroso demais para Aneci viver distante do filho, imagine só ser privada da bênção que é ser chamada de *mãe*.

E agora Cícero andava sumido na sequidão do mundo.

De que adiantou tanta proteção?

Zulmira se meteu no meio da mata, caminhou por toda a manhã até bem pra lá do roçado antigo, passou pelo cemitério dos cachorros, onde velhas ossadas de bichinhos que já lamberam sua mão se desmanchavam na quentura.

O sol já tinia alto.

— Cícero! — gritava Zulmira, sabendo que estava sozinha.

Talvez nem os urubus que cruzavam o altíssimo azul seriam capazes de ouvi-la.

O que diria quando Aneci voltasse? Tirou o menino dela prometendo dar-lhe uma criação segura. E agora o perdera como quem deixa escapar das mãos um passarinho que mal aprendeu a voar.

Zulmira sentia que havia falhado de todas as formas. Falhou como mãe e ainda como avó.

Pensou em não buscar o caminho de casa sem antes encontrar o neto.

Que diabo era que tinha dado na cabeça dele? Sempre foi um menino tão tranquilo, direito. Era carinhoso que só. De repente lá estava ele, de espingarda na mão e sangue nos olhos, como que possuído pelo *demo*.

O vestido de Zulmira se agarrava aos espinhos, mas ela nem se importava em parar para desprendê-lo com cuidado, seguia em frente, abandonando restos de tecido, um registro da passagem por ali.

Cansada e com sede, Zulmira chegou em casa muito depois do meio-dia. Não quis conversa com Nonato, que tomava vento sentado no lado sombreado da casa.

Ela enfiou o caneco de alumínio no fundo do pote e se refez com a água geladinha que desceu-lhe a garganta.

Nonato pôs a cara amarrada na janela e esperou que Zulmira lhe dissesse alguma coisa.

— Nada? — perguntou o homem.

Zulmira fez que não com a cabeça, semicerrando os olhos para não deixar jorrar a dor que se acumulava na pálpebra de baixo.

— Levaram o Edcarlos pra cidade. A Rosa foi também.

— E o menino?

— Deixou com a Quel.

Fez-se um longo e apertado silêncio entre os dois. Até Nonato acrescentar:

— Eu posso até estar muito enganado, mas acho que aquele ali num escapa, não.

— Vira tua boca pra lá, homem!

— Ora, Zulmira, um absurdo de sangue daquele. Eu quero que tu veja como foi que ficou o terreiro do Chico no lugar em que o Ed caiu.

Zulmira sabia que o maior medo de Rosa era criar um filho sem pai. A menina teve uma sorte danada de se engraçar com Edcarlos, que era um rapaz bom que só pra ela e que vinha se mostrando um pai de primeira categoria.

Zulmira tinha muito pelo que rezar. Tinha fé que o genro sairia daquela.

Cícero não seria um assassino, não seria. Era só um menino.

O menino que ela pegou no colo e amou desde o primeiro instante.

O menino que cresceu correndo por essas matas e tomando banho de rio.

Um menino bom, sadio.

O menino que a fez renascer.

a tarde de Rosa

Edcarlos estava morto e Rosa só pensava no filho.

No futuro que sonhara para eles.

E na raiva que agora sentia de Cícero.

Tudo aconteceu na estrada. A pampa corria veloz para que chegassem a tempo no hospital da cidade. No entanto, com a cabeça apoiada no colo de Rosa, Ed parou de gemer e, segundos depois, de respirar.

Foi para Rosa como se a bala ensanguentada que atravessou o marido acertasse-lhe o peito.

Ela derramou todas as lágrimas que tinha durante o caminho de volta. Olhando o tempo quente lá fora, a estrada deserta, os homens que pertenciam a outras mulheres.

As enxadas nos ombros, os chapéus nas cabeça.

Chico Metero ia ao volante. Não trocavam uma única palavra desde que se deram conta de que Edcarlos não estava mais entre eles.

O homem não tirava os olhos da estrada que se estendia à frente, e o único som que emitia era o do pigarrear.

Rosa deixou que os olhos se demorassem na figura do sogro, alguém que também sofria tanto quanto ela a perda de Edcarlos.

— Não deixe assim, não — disse Rosa. — Eu quero que o senhor pegue o filho da puta que fez isso com Ed.

A pampa correu mais alguns metros sem que Chico dissesse nada, só depois de uma curva, com o sol batendo forte nos olhos dele, é que o homem murmurou:

— Nem que tu *num* quisesse.

Rosa chegou em casa buscando pelo filho, que encontrou no quintal, brincando com cavalinhos de plástico.

Abatida da viagem e da perda, sentindo o futuro pesar sobre os ombros, ela tomou o menino nos braços, abraçando-o com força e medo, deixando lágrimas caírem.

O que seria de toda a vida que teriam pela frente?

O que diria ao filho quando perguntasse do pai?

De todas as coisas que sempre temeu, criar um filho sem pai era umas das primeiras da lista. Passou a vida sentindo pena de Cícero, um menino que não sabia nem o nome nem a cara do homem que lhe chamou ao mundo e o largou por aqui.

O menino que só via a mãe quando era mês de dezembro.

Rosa não queria este destino para o filho e faria o que estivesse a seu alcance para cumprir o desejo. Agora que Edcarlos já não estava entre eles, era seu dever nunca sair de perto do pequeno Sebastião.

Ele não seria um Cícero.

Não cresceria perdido no mundo. Nunca se sentiria abandonado.

Porque, vendo o erro da irmã, Rosa sempre soube que seria uma mãe diferente, uma mãe de verdade.

Agora tinha o corpo baleado do marido atravessado na sala. Os olhos duros e cheios de pena dos vizinhos ao redor.

Tomada de ódio e tristeza, recebeu o abraço da mãe, que chorava com o rosto colado no dela, dizendo que sentia muito, que aquilo era uma tragédia, mas que Cícero não tinha culpa, que Cícero era só um menino.

— Num tem culpa, é, mãe? Se foi aquele desgraçado que matou meu marido, o pai do meu menino! *Cuma* é que ele não tem culpa? — gritava Rosa no meio do velório.

— Mas tu sabe que ele é uma boa pessoa. Tu se criou junto dele... não queira o mal dele, não.

— Sabe o que é que eu quero, mãe? Eu quero é que metam uma bala no meio da testa do seu neto! Eu quero é que ele amanheça com a boca cheia de formiga!

E Zulmira calou a boca da filha com um tapa, sentindo-se horrorizada com seu próprio ato no minuto seguinte.

Mãe e filha se encararam como estranhas, como fêmeas rivais defendendo a prole.

Nonato segurou a esposa e a conduziu para fora da casa.

— Tu tá ficando doida, é, Zulmira? — dizia Nonato enquanto puxava a mulher pelo terreiro. — A menina perdeu o marido e tu ainda apronta uma presepada dessa.

— Eu tô preocupada com Cícero, Nonato! — gritou em resposta, se soltando do marido. — Tu sabe muito bem que esse maldito do Chico não vai deixar isso assim.

— Vai *mermo*, não. E ele tá certo! Se fosse eu também *num* deixava. O Cícero fez uma besteira muito grande, Zulmira. E ele *num* é mais menino, não. Ele sabe o que é certo e o que é errado.

— Tu parece que nem liga pro menino! Não teve nem a ação de ir mais eu atrás dele. — Zulmira largou Nonato parado no terreiro de Rosa e tomou o caminho de casa.

o pôr do sol de Nonato

O sertão tomado pelo alaranjado, fim de mais um dia.

Miúdo por entre a caatinga, um Nonato que deixava uma lágrima escorrer sobre o rosto marcado pelo tempo e pelo sol.

— Cícero! — gritava ao longe.

— Cícero! Onde foi que tu se meteu, menino?

Cícero. Seu neto. O filho da mais velha.

Quando Aneci nasceu, os amigos cumprimentavam Nonato com uma lamentação na voz, uns até chegavam a dizer:

— Mal-empregado não ter nascido macho, né? Mas da próxima tu acerta. — E davam risada.

Nonato não gostava daqueles comentários, mas não chegou a revidá-los.

A verdade é que estava muito feliz por ter sido abençoado com uma menina.

O nome Aneci foi ele quem deu.

— É bonito, diferente.

Nonato tinha o maior orgulho de ser pai daquela menina que corria pelo terreiro atrás das galinhas.

Menina bonita.

Menina danada.

Menina sabida.

Não tinha uma vez que Nonato voltasse da feira dia de sábado sem o pacote de broa de que a filha tanto gostava.

Tudo o que Aneci pedia ele dava; tudo o que Aneci fazia lhe encantava; tudo o que Aneci dizia era bonito.

Mesmo depois do nascimento do segundo filho, Sebastião, Nonato continuava dedicando todo o seu amor e atenção à primogênita.

— Tu olha, Nonato... *fí* é *fí*, tem que tratar tudo do *mermo* jeito — alertou Zulmira na vez que o marido comprou uma cadeirinha de madeira com assento de couro para Aneci, mas não deu nada para Sebastião.

Na semana seguinte havia duas cadeirinhas de madeira com assento de couro na sala. Uma amarela e uma azul.

Então veio aquele dia em que Nonato chegou do serviço e encontrou Zulmira aos gritos dentro de casa.

— Aneci deixou o rio levar o menino!

— E cadê ela?

— Eu sei lá daquele diabo!

Nonato se sentiu muito mal ao se dar conta de que perguntara primeiro por Aneci, quando o corpo de Sebastião boiava em alguma margem.

Ele encontrou a menina chorando embaixo do cajueiro. Ela lhe pediu desculpas, dizendo não ter sido por querer.

— Eu sei, minha *fía*, eu sei...

— A mãe vai me bater, né? Eu quero ir embora, pai.

— Deixe de besteira. Vai dar tudo certo. Agora bora pra casa.

Mas Aneci não queria ir de jeito maneira. E não foi. Ficou escondida no cajueiro até escurecer.

Ela via, por entre as folhas, a vizinhança entrando em sua casa para visitar o irmão morto.

Os gritos e o choro de Zulmira não estancavam.

Naquele dia, se pudesse trocar de lugar com Sebastião, Aneci trocava.

Seis anos mais tarde, já com quinze, sua relação com a mãe parecia ter melhorado, mas desde a morte de Sebastião que não se sentia mais à vontade nem segura com ela.

Não se sentia mais à vontade em sua própria casa.

Foi quando uma tia que morava em Fortaleza apareceu para uma visita e lhe perguntou se não tinha vontade de ir embora para trabalhar.

— Se o pai deixar.

— Eu peço pra ele — prometeu tia Nega.

Mas Nonato não deixou. E isso fez Aneci agir com ele de uma maneira diferente.

Ela não lhe pedia mais a bênção de manhã nem antes de dormir.

Não se sentava mais no alpendre com ele aos fins de tarde para ouvir a rádio.

Fingia nem escutar quando ele falava.

Faltando dois dias para a partida de tia Nega, Aneci avisou aos pais que iria embora com ou sem permissão. Zulmira disse para Nonato resolver a situação do jeito dele.

— Se tu não deixar eu ir, me mato — ameaçou Aneci, encarando os olhos do pai. — E eu tô falando sério, *num* pense que é brincadeira, não.

E, pela primeira vez, Nonato encostou na filha com violência. Deu-lhe uma bofetada carregada no rosto e segurou a pose de tirano, que era como ela o enxergava agora.

Aneci segurou o choro e projetou a voz:

— Eu vou!

— Vai, diabo, vai! Faz o que tu quiser da tua vida! Pode ir! Mas, quando der errado por lá, tu não volta, não. Que eu vou te jogar é os pés! Se vira!

— Vai custar muito! Pra cá eu não volto mais! De lá eu me mando é pra outro canto! Vou pra São Paulo, fico rica. E aí são vocês que vão atrás de mim.

Nonato saiu dando risadas de pouco caso.

— Coitada. Pensa que a vida lá fora é fácil. — Não devia tê-la deixado ir.

Pensou nisso no dia em que a filha partiu.

Pensou nisso durante os dois longos anos que ela passou sem dar notícias.

Pensou nisso vendo-a chegar com um filho no colo.

E continuava pensando a mesma coisa tantos anos depois.

Ali, cercado pela escuridão da mata ao anoitecer.

Ali, chamando pelo neto que virara assassino no começo daquele dia maldito.

E Nonato não desgarrava da cabeça que tudo era culpa dele, que se não tivesse sido fraco, se não tivesse deixado Aneci ir, nada disso teria acontecido.

a noite de Luzimar

Como era possível um homem amar tanto outro homem?

Desejar. Querer perto.

A carne, o carinho.

Luzimar cobrava de Deus uma explicação desde a primeira vez que seus olhos descobriram o corpo nu de Cícero.

Um Cícero nunca antes revelado.

Sua cabeça, corpo e coração se dobravam aos movimentos do outro rapaz.

Seu amigo.

Aquele com quem atravessou a infância e que agora parecia mais o senhor de seus desejos.

Aquele que agora o arrastava para a perdição deste amor.

Um amor que os cortava por dentro e que se enraizou tão fundo apesar da aridez da vida.

Será que Deus não olhava por ele?, perguntava-se Luzimar.

Que sua família pudesse perdoá-lo pelo pecado de tanto amar o homem que matara seu irmão no começo daquele maldito dia.

O homem que corria por aquele sertão. Doido, perdido. *Será que ele volta?*

Mas para quê? Para ser pego e apanhar de Chico até a morte?

Cícero não podia voltar, era melhor que se debandasse para o mais longe possível.

•

Depois do enterro de Edcarlos, Luzimar saiu andando pelo mato, meio sem destino, troncho e amargurado.

Que porra era aquela que Cícero tinha feito com eles?

Em que inferno Cícero enfiou os dois?

E que diabo era esse que vivia alojado em seu peito e que não o deixava odiar e querer o sangue daquele que lhe tirou o irmão mais velho?

O diabo era Cícero.

E o diabo cutuca a gente de tudo quanto é jeito, bole na mente dos homens e os leva à beirada do precipício.

•

Os passos perdidos de Luzimar o levaram até o rio.

O lugar onde Cícero se revelou criatura. Nem homem. Nem mulher. Nem gente.

Era tudo. Tudo e o que mais Luzimar quisesse que ele fosse.

O lugar onde os lábios de um pousaram nos do outro.

Onde, nus e entrelaçados, foram batizados.

O lugar onde pareciam ter nascido. Criados e moldados pelo mesmo barro, molhados com a mesma água.

Luzimar se deixou tomar pelas lembranças, que o levaram a vasculhar por entre as folhagens e buracos nas pedras.

Até encontrar aquela garrafa de cachaça que Cícero e ele deixaram pela metade.

Então a tomou.

Tomou com uma sede causada por desespero e revolta.

Com a sede de uma vida no deserto.

A urgência de quem está por um fio.

Tomou para sumir do mundo, para tentar achar Cícero em algum outro lugar. Mas, nesta escuridão, só quem o chamava era a correnteza do rio.

O rio que lhe pedia calma. Que lhe chamava para mais perto.

O rio que já não lhe cobria até o pescoço.

Que já não era o mesmo da infância. Que aos poucos sumia, corria para o fim.

Um rio de águas flácidas que nunca viram uma réstia de mar.

Com a garrafa quase vazia deslizando entre as mãos, Luzimar dobrou os joelhos na terra e chorou.

Chorou pelo homem que lhe arrancava o juízo e bulia em seu peito.

Pelo sangue do irmão secando no terreiro de casa.

Pelo medo que dava pensar no dia seguinte.

Ao imaginar a cabeça de Cícero arrancada do corpo pela vingança do pai.

Luzimar voltou a se equilibrar sobre pernas fracas e, recusando o chamado do rio, saiu andando pela mata, quebrando com fúria os galhos que atravessavam-lhe o caminho, como se eles fossem culpados pela dor que lhe rachava o peito.

A longa caminhada por dentro da noite terminou nas redondezas da casa de farinha. Ali estava ela, fulgurando por entre as palhas de um milharal seco, o vazio e sombrio lugar onde Luzimar viu, iluminado pela luz amarelada do lampião, o enorme corpo de Zé Gino.

O homem que tomou as rédeas de sua vida e de sua morte.

O homem que foi seu próprio algoz e seu próprio Deus.

O que este homem encontrou depois da escuridão? Inferno ou paraíso?

Luzimar aprendera no catecismo que o justo subia aos céus e o pecador padecia no inferno.

Mas que inferno temer quando já se atravessa um na terra?

Já o paraíso para Luzimar era uma beira de rio num dia de sol tinindo e Cícero pulando da ingazeira.

No que o inferno seria Carrasco na primeira fresta do dia seguinte. O começo da caça ao *bicho-Cícero*.

Luzimar não gostaria de estar ali para viver nada daquilo.

E... *ah, que se dane!* Depois da morte não haveria de existir nada.

Talvez a alma vire poeira de estrada.

Espinho de mandacaru.

Lama na beira d'água.

Com a cabeça cheia dessas ideias e de álcool, Luzimar sangrou a palma das mãos arrancando na força da zanga um cipó verde. Cortando a tira com os dentes.

Depois disso, o rapaz se meteu no breu da casa de farinha e... foi como se voltasse a ser aquele menino daquela mesma noite. Só que sem chuva, sem Cícero e sem o morto pendurado no teto.

Como algo a ser feito sem demora, sem brecha para decisões, o rapaz subiu no forno alto e redondo em que se fazia a farinha e amarrou uma das pontas do cipó no caibro do telhado.

Com a outra ponta ele fez um laço que pendurou no pescoço feito um colar.

Por dois segundos...

Pensou em Cícero...

No sangue do irmão...

E no dia seguinte.

Então fechou os olhos e saltou na escuridão do espaço vazio.

Agora a noite era algo guardado dentro dele. Algo frio e silencioso. A garganta travada impedia a passagem da saliva acumulada, que acabou por escorrer pelos cantos da boca.

As havaianas caíram dos pés que flutuavam no ar, ora agitados, ora resignados.

E quando a cabeça pesada se viu livre, apesar de zonza, o flutuar se desfez em queda.

Quando seu corpo se espatifou no chão duro e empoeirado.

Quando o fôlego voltou como se acabasse de ser resgatado do fundo do rio, seu rosto foi emoldurado por duas mãos firmes e quentes.

Luzimar soube que a morte estava ali para recebê-lo.

E a morte pôs a cabeça dele no colo, arrancou o cipó de seu pescoço, gritou seu nome três vezes, mas ele não tinha forças para responder.

A morte o segurou pelos ombros e sacudiu seu corpo. Deu-lhe palmadas no rosto e massageou seu pescoço.

E Luzimar foi despertando aos poucos, reconhecendo na morte o toque de Cícero. O cheiro de Cícero.

— Que besteira era essa que tu *tava* fazendo? — quis saber a morte.

Com voz de Cícero.

a madrugada de Cícero

O dia todo Cícero andou se ferindo pelas matas deste sertão. Não havia lugar onde se sentisse seguro.

Corria sem destino, a barriga roncando, as pernas pedindo descanso, sentindo-se mais sozinho do que nunca.

E a imagem de Edcarlos sangrando no terreiro latejava em sua cabeça.

Pensava tanto em Rosa e no filho dela. Ela tocava a vida do jeito que sempre pediu a Deus: um bom marido, um filho, uma casinha ajeitada.

Seu ideal de família.

Edcarlos, o irmão mais velho de Luzimar.

Cícero havia feito besteira com quem era importante para duas pessoas que ele amava.

Cada vez que refletia a respeito disso, Cícero se convencia de que não havia volta. Não teria coragem de encarar Rosa e Luzimar nunca mais. Aquele tiro foi sua partida, sua despedida da vida destas pessoas.

Aquele tiro também o matou.

Pensava também na avó, a pessoa que o criou, que tanto cuidou dele. Uma mulher tão correta, o quanto deveria estar sofrendo, perguntando a Deus onde ela havia errado.

Cícero sentia-se mal por todas as coisas ruins que causara a pessoas que lhe significavam tanto.

Mas ainda existia dentro de si a esperança de que Edcarlos pudesse sobreviver e todos seguissem em frente. Lhe era muito doloroso pensar em Sebastião crescendo sem pai e o culpado por isso ser ele. Logo ele, que sabia tanto do peso de crescer sem se reconhecer em nenhuma figura masculina.

Deus do céu, eu te peço perdão pelas besteiras que fiz, por favor, peço para que cure Edcarlos, pelas pessoas que o amam e precisam dele. Por Sebastião, que ainda é tão pequeno para perder o pai...

Cícero não queria o peso da morte de um inocente nas costas.

Queria apenas o alívio de acabar com a vida do monstro que lhe tirou a mãe sem a menor piedade.

E Cícero não queria deixar este mundo sem antes acabar com Chico.

Já era boca da noite quando o rapaz se lembrou daquele lugar que lhe causava medo, um lugar amaldiçoado, mas que neste momento parecia ser o único seguro.

E foi na lugubridade da antiga casa de farinha que se refugiou.

Não passava nem perto dali desde a madrugada chuvosa que não deixava suas recordações de menino.

Mas ao voltar não temeu. O que tinha lá fora era uma ameaça verdadeira. Ali, na escuridão, só existiam fantasmas.

E agora Cícero entendia perfeitamente uma frase que a avó sempre dizia: "A gente tem que ter medo é dos vivos".

Mais tarde, encolhido num canto, Cícero percebeu que não estava mais sozinho, que alguém havia entrado. Ouviu resmungos e tropeços.

Ele apertou ainda mais as pernas contra o corpo, não seria visto no meio de tanta escuridão, a não ser que fosse alguém o procurando, alguém que carregasse consigo uma lanterna. Cícero rezava para que não fosse o caso.

A pessoa gemia muito, era quase como um choro enterrado no fundo do peito.

Abafado.

Até que veio o forte estalo no teto que fez Cícero se levantar ligeiro, com medo de que tudo desabasse sobre ele.

Na fuga, esbarrou em duas pernas suspensas no ar e, neste instante, sentiu-se diante de um fantasma do passado.

Um fantasma de corpo ainda presente.

Palpável.

E, mesmo com toda a estranheza do momento, Cícero tocou aquelas pernas, passou as mãos pelos pés.

Assim descobriu que o fantasma pendurado no teto não tinha o mindinho do pé esquerdo.

Luzimar.

O medo agora era outro.

No desespero, Cícero agarrou aquelas pernas e as puxou para baixo com toda a força, mas logo percebeu que assim poderia piorar a situação.

O choro batia na garganta quando ele subiu no forno e esticou os braços até o nó bem dado no caibro, difícil de desfazer por conta do peso de Luzimar. Logo, feito uma fera, Cícero enfiou as unhas no cipó e foi rasgando-o até deixá-lo por um fio e o corpo de Luzimar despencar.

Cícero saltou lá de cima e deitou a cabeça do outro rapaz no colo.

— Luzimar! Luzimar! Fala comigo, macho!

Sentiu-se aliviado ao notar que ele ainda respirava. Fez massagem em seu peito e pescoço.

Cícero imaginou que nunca mais teria Luzimar tão perto, muito menos assim, deitado em seu corpo, sob seus cuidados. Talvez fosse esta a despedida de que ele tanto precisava. Já que era para se desprenderem, que tivessem a chance de um último encontro, de um ritual derradeiro.

— Me perdoe — disse Cícero, baixinho, afagando o cabelo de Luzimar, tocando aquele rosto que ele achava tão bonito, a boca em que se perdeu e se reencontrou, completo e feliz. — Me perdoe. — E Cícero beijou a testa de Luzimar.

O Luzimar de sua infância, das aventuras e desejos. O Luzimar que todo dia crescia um pouquinho mais no coração dele.

Tantas vezes sonhou acordado com um futuro diferente para os dois. Um futuro de mundo afora, vento na cara, abraços e beijos sob a luz do dia.

Um futuro no qual iriam juntos ao mar, no qual deixariam as coisas tristes para trás.

Agora o futuro parecia longe demais. Parecia nem mesmo existir.

E tudo ali tinha mesmo um jeito de nunca mais. Talvez pela iminência da morte, pelo peso da tragédia.

Cícero sabia que estava perdendo tudo, mas queria levar consigo pelo menos a sensação de que Luzimar ainda existia em algum lugar.

— Que besteira era essa que tu *tava* fazendo?

Luzimar exalava um cheiro forte de cachaça, e, passado algum tempo, Cícero se convenceu de que o outro não recobraria a consciência tão facilmente, visto que chegou a cair no sono.

Mas Cícero não podia deixá-lo ali, no lugar onde tentou tirar a vida. Então segurou nos braços o corpo mole e pesado do homem que amava e, mesmo fraco e cansado, carregou-o até o terreiro de casa, o lugar onde rumos e vidas mudaram na manhã anterior, e deixou Luzimar adormecido ali mesmo.

Um Luzimar frágil e medroso, como o menino que correu do corpo de Zé Gino.

Na volta, Cícero passou em casa, entrou no quartinho das ferramentas sem fazer barulho e buscou pela pá. Tomou um susto ao sentir as lambidas de Leão no pé, o cachorro gemia de alegria ao vê-lo. Já com a pá, Cícero fez um carinho na cabeça do bicho e saiu dali com todo o cuidado, mas Leão o seguiu.

— Volta, Leão, volta! — sussurrava Cícero, mas o cachorro teimava.

Ele não queria demorar muito por ali, por isso desistiu e deixou que o cachorro fosse junto.

Acompanhado de Leão, Cícero foi até o rio, atravessou a ponte e caminhou com certa angústia pelo capinzal que ficava atrás da antiga casa de Toin.

Até parar diante do canteiro.

Ele hesitou por um momento, sabendo que aquilo o levaria ao fim, à verdade.

Até ali, até agora, sua mãe poderia estar viva, passando viradas de ano na praia.

Cícero encheu o peito, limpou o nariz e enfiou a pá na terra. E a cada porção de terra que arrancava, queria não acreditar na carta escrita por Toin, desejava que cada palavra fosse mentira.

Pensou na mãe sentada na beira da praia, o vento balançando-lhe os cabelos, os fogos no céu anunciando um novo ano.

Começava a amanhecer quando a pá acertou uma coisa dura no fundo da terra e o corpo de Cícero gelou, as pernas amoleceram e a visão embaçou de lágrimas.

Agora já não lhe servia a pá; jogou a ferramenta longe e se ajoelhou para cavar a terra com as próprias mãos. A força se esvaindo pela boca, o peito ardendo.

E estremeceu ao tocar o primeiro osso, arredondado e sujo, a cabeça.

E Cícero perdeu o ar, os olhos mergulhados em lágrimas, as carnes do corpo doendo como se algo gigante e invisível o espremesse.

Um osso na mão, a cabeça pesada enfiada na terra.

Já não lhe restava força para gritar, o choro escorria por vontade própria, e Cícero quis entrar naquele buraco cheio de ossos, os ossos da mãe, e ficar ali, também morto, até que tudo terminasse.

Os primeiros raios de sol do novo dia aqueciam o rapaz com suavidade, foi quando ele usou o restinho de coragem que ainda tinha lá no fundo e cavou mais um pouco até encontrar um saco plástico no qual, ao desembrulhar, descobriu a câmera fotográfica de Aneci.

Limpando a terra do objeto com as mãos, ele se sentou no chão e chorou agarrado à prova de que a carta era verdadeira, vigiado pelos olhos inocentes de Leão.

Estava sobre os ossos da mãe, segurando a câmera que registrara uma tarde tão feliz.

A mulher que ele tanto esperou voltar nunca tinha partido.

"Sua mãe ficou presa nesta terra"

Toin acordava bem cedo e, antes de preparar o café, pegava a toalha e saía para tomar um banho gelado de rio.

Mas naquela manhã foi tudo diferente.

Toin acordou com as vozes alteradas que vinham lá da ponte e, ao olhar pela brecha da janela, viu Aneci, a mãe de Cícero, brigando com Chico Metero, que a segurava pelo punho e tentava puxá-la enquanto ela resistia.

Toin se levantou e correu para abrir a porta da cozinha, acabaria com aquela confusão naquele instante mesmo e botaria Chico pra correr.

No entanto, quando lá fora saiu, não avistou mais nenhum dos dois na ponte, mas ouvia, apesar do som alto de correnteza, os gritos de Aneci se afastando pelo lado de baixo, por dentro do capinzal.

Toin os seguiu, guiada pelo grito.

O barulho da água às vezes a confundia e fazia com que ela errasse a direção, mas estava convencida de que Chico e Aneci seguiam às margens do rio, que naquele ponto era de mata fechada, por isso a dificuldade de Toin em alcançá-los mais rápido.

Algum tempo depois já não era mais possível ouvir voz alguma.

Talvez estivessem longe demais, ou então a discussão terminara.

Mas Toin não se convenceu, sabia que Chico Metero era um homem de natureza ruim, não dava para confiar nele. De repente lhe bateu um medo de seguir em frente, mas pensou em Aneci, na revolta dela ao ser arrastada por aquele homem asqueroso. Por isso, não desistiu. Foi abrindo caminho por entre os capins laminados que deixavam coceira pelo corpo.

Andou, andou e andou até chegar numa parte aberta e rasa do rio, onde avistou Chico de pé dentro d'água.

Toin afastou um pouco as folhas para tentar enxergar Aneci, que não via em lugar algum.

Chico subia o zíper da calça. Toin ficou nervosa, os olhos correndo de um lado para outro, até que os baixou sobre a água e viu...

O corpo de Aneci boiando.

O rosto enfiado na água.

Os pertences dela sendo carregados pela correnteza.

Toin não suportou ficar escondida assistindo a uma cena tão terrível, correu para dentro do rio, virando o rosto de Aneci e sacudindo-a na esperança de que ela ainda pudesse estar viva.

Mas era tarde.

Ao se voltar contra Chico, desferindo socos contra o peito do homem, Toin foi segurada pelo cabelo e teve a cabeça enfiada na água.

De olhos abertos, sem parar de lutar para se livrar desta situação, ela viu o fundo escuro e turvo do rio, o ar lhe faltando, a dor que a força de Chico causava em sua nuca.

Toin não tinha dúvidas de que ia morrer. Ali. Naquele instante. Mas aquilo lhe parecia uma eternidade.

Até que, para sua surpresa e alívio, foi puxada de volta.

E respirou fundo, ainda presa pelo cabelo ao punho de Chico.

— Pelo amor de Deus, Chico, não me mata, não. — A voz de Toin saía fraca, cansada. — Eu finjo que nunca vi isso aqui, eu esqueço... eu te juro! Eu esqueço! Mas me deixa voltar pra casa.

Era um medo real. Tanto que Toin começou a chorar. Só que esse choro não era apenas por temer pela vida, mas por ser covarde e prometer guardar o segredo de uma morte.

A morte da mãe de um de seus alunos mais queridos.

Chico jogou Toin na beira do rio e jurou que, se um dia alguém ficasse sabendo, a vida dela acabaria na hora.

Toin chorou sobre a terra gelada, sussurrando um pedido:

— Me deixe pelo menos enterrar ela. Não deixa os urubus comer, não. Me deixa enterrar.

Toin arrastou o corpo de Aneci para fora do rio. Resgatou alguns de seus objetos antes de serem levados pela correnteza. Encontrou a câmera fotográfica.

Então fez uma cova ali por perto. Levou quase um dia inteiro para deixá-la funda para que coubesse Aneci e suas coisas.

A parte mais estranha e dolorosa era pensar que, de alguma forma, ela também estava acabando com a vida de Aneci.

E com a de Cícero.

Toin sabia que não teria mais paz dali em diante.

De alguma maneira, eu também sou culpada. É insuportável carregar este peso nas costas dia e noite, mas deve estar sendo muito pior para você neste momento.

Luzimar-javali

Era a quarta madrugada de fuga.

Os galos já cantavam quando Cícero se esgueirou pelo terreiro da casa de Chico e se enfiou na carroceria da pampa por entre as caixas de maracujá cobertas por uma lona preta.

— Vai pra casa! — falou para Leão, que dava voltas ao redor do veículo, cheirando os pneus e gemendo.

Encolhido, segurando a espingarda com firmeza, Cícero esperou.

Devia ter se passado uma hora desde sua chegada quando veio o barulho da porta de Chico sendo aberta.

O dia começava a raiar quando alguém saiu da casa e passou bem ao lado dele. Cícero não podia ver, mas soube que era Chico quando o motor do veículo roncou. O rapaz fechou os olhos e rezou para que não fosse descoberto antes do previsto, ou teria que agir de qualquer forma, às pressas.

A pampa começou a se mover, e logo ganharam a estrada.

Ao levantar uma brechinha da lona, Cícero conseguia ver por onde passavam. Ele queria botar o plano em ação quando estivesse atravessando a Picada, um trecho totalmente deserto da estrada.

Ali executaria sua vingança.

Com o cano da espingarda encostado na testa de Chico, Cícero diria que estava fazendo aquilo para honrar a mãe, que o animal responsável pela morte dela pagaria com a própria vida.

Cícero apertaria o gatilho sem fechar os olhos e veria a cabeça do desgraçado explodir, e o sangue respingar sobre a areia.

No meio do anuviamento, o balanço do carro fez Cícero ir de um lado para outro.

Na tentativa de se segurar, acabou puxando a lona, que voou para fora, se perdendo lá atrás, bem onde a estrada passava de vermelha a amarela, o primeiro sinal de que a Picada estava perto.

E após uma curva...

Cícero empurrou uma caixa para fora e maracujás se espalharam pela estrada de areia.

Depois outra.

Mais uma.

Os maracujás rolavam soltos pela estrada.

Se com isso Cícero pretendia chamar a atenção de Chico, conseguiu.

O freio o tirou da inércia, é agora, poeira amarela suspensa no ar, sujando os galhos espinhosos que desenhavam solidão naquele trecho de caminho.

A porta da pampa foi destrancada.

Cícero estava preparado. De pé. Só precisava parar de tremer.

Tinha que cumprir com a palavra. Selar o destino do infeliz que desgraçou a vida de sua mãe.

E Chico já estava tão perto.

— Tu tá na minha mira, filho da puta — murmurou Cícero.

Mas não foi Chico quem apareceu.

— Luzimar? — disse Cícero, gelado, baixando a arma.

— Tu *tá* fazendo o que aqui, Cícero?

— Eu vim atrás do teu pai! Vim cobrar o que ele fez com minha mãe! Não era pra ser tu, porra!

— Por que *tu inventou* isso? Tu endoidou, foi?

— Eu não inventei! — gritou Cícero, olhando Luzimar de cima da carroceria. — Teu pai é um assassino desgraçado e vai ter o fim que merece!

— O meu pai eu não sei, mas tu é.

Um silêncio pesado cercou os dois rapazes.

— O Ed morreu — continuou Luzimar. — Meu pai anda louco atrás de tu e não vai descansar até acabar com tua raça. Olha aí o que tu foi arrumar. Olha aí! Tá satisfeito?

Cícero sentiu o peso de uma morte sobre as costas. No entanto, era tarde demais, já não podia recuar.

Era como se agora fosse capaz de tudo.

— *Tu não se arrepende*? *Tu matou* o marido da tua tia! O pai do teu primo! — berrou Luzimar.

— Se não fosse tu aí agora... — começou Cícero. — Se no teu lugar estivesse o teu pai, já tinha voado miolo da cabeça dele pra todo canto.

— Que diabo foi que *tu virou*?

— Deixa de história, Luzimar, no meu lugar tu faria a *merma* coisa.

— Bora, Cícero, desce daí!

Cícero permaneceu no mesmo lugar, imóvel.

— Anda, macho, desce daí, *tô* mandando!

— Eu passei seis anos esperando minha mãe voltar. Seis anos ouvindo o povo dizer que ela tinha me abandonado. Seis anos escutando todo tipo de ofensa contra ela. — Cícero segurou o choro. — E o tempo todo ela *tava* debaixo da terra molhada do rio sem ter culpa de nada. Pois TEU PAI deu um fim nela!

— Eu já te mandei descer da desgraça desse carro! — bradou Luzimar, subindo cheio de fúria na carroceria e lançando Cícero para fora com um empurrão. — Tu achava *mermo* que ia matar ele, era? Coitado...

— Tá duvidando? — ameaçou Cícero, colocando Luzimar sob a mira. — Duvida agora, anda! Duvida só mais um *tiquim*.

— *Tu não vale* merda nenhuma — insistiu Luzimar, sentindo a frieza do cano na testa.

Cícero tinha Luzimar tão vulnerável bem à frente de si.

Sentiu que tinha todo o poder do mundo em suas mãos, bastava um toque no gatilho para tudo ir pelos ares.

Mataria o filho de Chico.

Mataria o amor de sua vida.

Destruiria toda a história que viveram juntos.

Acabaria com todos os segredos.

Costuraria o fim.

Perdê-lo não poderia ser mais doloroso do que a notícia devastadora de que havia anos que sua mãe não vivia mais nesta terra.

Se atirasse, Luzimar e ele nunca seriam inimigos, algo que se desenhava ali.

Luzimar seria apenas uma lembrança insistente e perturbadora.

De repente, Cícero sentiu a arma ser arrancada de seu ímpeto com violência e viu-a jogada sobre a areia da estrada.

Ao sair para resgatar o instrumento de vingança, o rapaz se desequilibrou com o chute que Luzimar deu em suas costas e caiu sobre a mesma areia, a mesma poeira, e sentiu-se parte de um mundo quente e asfixiante.

Minúsculos fragmentos amarelos se espalharam sob seus olhos, pousando nos cílios, entrando pelo nariz.

Até o céu parecia empoeirado.

Então Cícero sentiu o punho esquerdo ser esmagado. Ao virar o rosto de lado, viu o pé de Luzimar.

Aquele sem o mindinho.

Quando olhou para cima, Luzimar era apenas uma silhueta contra o sol.

— Para de fazer besteira, Cícero. Esquece tudo isso, macho. Segue teu rumo... Eu não sei de onde *tu tirou* essa história, mas sabe de uma coisa? Vai atrás da tua mãe, não foi isso que *tu quis* a vida toda? Pois essa é a hora.

Cícero respirou fundo.

Luzimar ainda não acreditava em suas palavras. Estava sozinho, gritando a verdade para o mundo e sendo chamado de louco.

Se pudesse ver o rosto de Luzimar, Cícero encontraria desespero submerso nos olhos dele, aqueles mesmos olhos que guardavam o sentimento de que partilhavam em segredo.

Um olhar que ardia e pedia a Cícero para que parasse com o que vinha tentando fazer.

— Eu só deixo Carrasco quando teu pai for um homem morto!

— E se *tu morrer* primeiro? — ameaçou Luzimar, pisando ainda mais firme no punho de Cícero.

Cícero abriu um sorriso estranhamente prazeroso ao dizer:

— Vai botar no meu pescoço o cipó que eu tirei do teu?

E Luzimar ficou tonto ao lembrar da morte que tinha a voz de Cícero. Sentiu o sangue ferver.

Estava diante do rapaz que o bagunçou por dentro.

O rapaz por quem sentia algo forte.

Este rapaz, o mesmo que matou seu irmão, que planejava matar seu pai, mas que o tinha salvado da morte.

O amor agora era um soco.

Era terra entrando pelo nariz.

Sangue escorrendo pela boca.

O amor doía feito um chute no estômago.

Enquanto Luzimar acertava Cícero com amor e fúria.

Cícero tentava se proteger, mas também precisou revidar todos aqueles socos, e ainda acertou dois no olho esquerdo de Luzimar.

Um sol na cabeça e outro no peito, queimando bem lá no fundo.

Os dois rolando sobre pedras e poeira.

O rosto de Luzimar escureceu, foi sumindo. Morriam juntos a cada golpe, morriam um para o outro, um na mão do outro.

O sertão todo foi desaparecendo, a terra partindo-se ao meio.

O mundo foi se descolorindo para depois ficar vermelho. Da cor do sangue de Cícero e de Luzimar.

Exausto, com as mãos sujas do sangue de Cícero e diante daquele rosto machucado, irreconhecível, Luzimar urrou feito um animal ferido.

O som atormentado vindo de suas entranhas preenchia com lugubridade o vazio daquele trecho de estrada.

Aos berros, Luzimar se levantou e saiu em direção ao automóvel, deixando Cícero caído lá atrás.

Mais ferido por dentro do que por fora e com o sangue de Luzimar deixando nódoa em sua alma, Cícero tateou a areia quente até tomar posse outra vez da espingarda.

O som da pampa sendo ligada o fez reviver. Ele se pôs de pé, deu passos arrastados até o meio da estrada e mirou.

Com a testa sobre o volante e o suor minando por todo o corpo, Luzimar juntava forças para seguir em frente. Sentindo-se esgotado e sujo. Chorou em silêncio ao pisar no acelerador.

Chorou como quem conta um segredo.

Até que veio o tiro.

Vendo-o se distanciar, Cícero disparou uma bala contra o veículo.

Mais uma.

Outra.

Ele não viu, mas o primeiro tiro já havia acertado um dos pneus.

Se o fim já fora costurado, nada mais importava. Cícero estava disposto a ir até as últimas consequências.

Perdendo o controle da direção, Luzimar freou de uma vez, desferindo socos contra a buzina.

Antes de sair, limpou os olhos e o rosto como se quisesse arrancar a própria pele.

Agora não teria pena. Não pouparia Cícero de nada.

Cícero via Luzimar correr em sua direção, pequeno e distante. Como um bicho. Um javali.

A espingarda em punho. O pulso ainda latejando. Um olho aberto e outro fechado.

Luzimar sob a mira como aquele javali que matou aos nove anos.

Quanto lhe custaria matar aquele que tanto amava? De que lhe servia amá-lo tanto se ele nunca seria seu? Se já o perdera de vez?

A morte se espreguiçava entre os dois.

Não dava nem para ver o rosto dele, não teria de encarar sua vítima, que nem isso era, *vítima*.

O amor era agora uma convulsão, um instinto primário e incontrolável, um mal-estar, um conflito entre dois homens.

Nem ao menos chegaram a entender o que sentiam de verdade um pelo outro.

Que pecado ou salvação os ligava?

A tragédia lhes acenava, silenciosa e implicante, como nuvem de poeira embaçando a vista.

Só um passo à frente e não daria mais para voltar. A brutalidade do desprezo, da paixão e da vingança. A chance de borrar o passado e criar um futuro diferente do que vinha se desenhando.

Cícero sentia que sua vida se repartia em duas, perante a dor irredutível que arreganhava os dentes e lhe lançava o cheiro acre de bafo.

Eu vou matá-lo, mas o quero vivo.

Cícero sentiu a vingança pinicar-lhe a pele. Os dedos dormentes, a respiração pesada.

E Luzimar era um javali.

Será que ele já me odeia?

Cícero tinha vergonha de confessar, mas imaginava viver com Luzimar uma história parecida com as das novelas. Um final feliz.

Luzimar era um javali. Luzimar era um javali. Luzimar era um javali.

E Cícero apertou o gatilho.

Adeus, rio.

Adeus, cajueiro.

Adeus, final feliz de novela.

Matar Luzimar seria o inverno sem chuva de Cícero.

O rio interromperia seu curso.

O tempo ficaria cada vez mais seco.

As tardes morreriam cedo.

Tudo seria mais difícil.

Suas entranhas esfomeadas diminuiriam de tamanho. Seu couro murcharia até ser carregado pela noite voadora dos urubus, batendo-se contra os garranchos espinhosos.

E o céu era tão azul quanto diziam ser o mar.

— Atira de novo, besta!

Luzimar gritou, chegando cada vez mais perto. A raiva dele enfiando os dedos na alma de Cícero.

LUZIMAR É UM JAVALI!

Outro tiro sibilou bem ao lado de Luzimar.

Passos desassossegados. Seguindo sempre em frente. Luzimar não recuaria.

Mas de que valeria a coragem quando caísse naquela estrada com uma bala atravessada no peito?, pensou. Cícero diria aos outros que ele não teve medo?

O coração parecia não responder à natureza da valentia de Luzimar, batia com violência e medo, horrorizado com os dois disparos. *Por Deus, eu vou morrer aqui.* Quando, na verdade, o primeiro tiro já lhe havia arrancado a vida.

E ele renascia.

A mesma linha usada para costurar o fim remendou-se ao pedaço de história que tremulava nos garranchos forrados de espinho. Sujo. Amarelado.

A vingança, a guerra e a justiça se encarregaram do fim e do recomeço, acendendo a lamparina e voltando a apagar.

— Para, Luzimar! Não vem! — pedia Cícero, ainda apontando a arma. — Não me faz cometer essa doideira.

Talvez o amor fosse o responsável pela tragédia iminente. Amar feito doido dava nisso. Desejar com tanta dedicação outro homem a ponto de ousar matá-lo para aliviar a perda.

Cícero já nem lembrava o objetivo de estar ali. Agora tudo girava em torno dele e de Luzimar. Era certo que o inferno já acendia as labaredas e atiçava a chama embaixo dos caldeirões para recebê-lo.

Luzimar sabia que, se chegasse perto dele ainda com vida, não o pouparia da morte, faria com as próprias mãos e estava cada vez mais decidido.

Agora, tão perto, o tiro seria certeiro. Cícero prendeu a respiração.

Já dava até para sentir o cheiro da pólvora saindo pela garganta da espingarda quando Luzimar parou diante de Cícero, segurou o cano da espingarda e desafiou a morte.

O dedo de Cícero tremia junto do gatilho.

A espingarda era empurrada contra o peito de Luzimar.

Então Cícero atirou a arma longe, caindo de joelhos aos pés dele.

Sentindo-se morto.

Luzimar também dobrou os joelhos e deixou que Cícero derramasse sobre si o peso do corpo e o da dor. A raiva e o amor travavam dentro dele um confronto sanguinário.

O tumulto das recordações bagunçando a mágoa que pesava no peito. Luzimar estava em guerra consigo mesmo.

O Luzimar que resistia à vontade de estender sua pele à de Cícero.

O Luzimar com sede de sangue e honra.

Se viver era aquele tormento, só mesmo a morte poderia salvá-lo. E, se não fosse por Cícero, a esta altura já estaria salvo.

Embora esmagados entre angústias, residia ali uma tranquilidade forjada na esperança.

Por toda a vida desenhada sobre rios e tardes.

Em cada fio de saudade.

Por cada grão de amor suspenso na poeira carregada pelo vento.

A vida os vinha tratando com tanta crueldade. Só assim, no aconchego do outro, é que dava para encontrar algum resquício de paz.

Paz... estavam a milhas e milhas de distância desse lugar.

O tempo não refaz caminhos, segue em frente sem remorsos. Só o que Cícero e Luzimar podiam fazer era olhar para trás e sentir apertar a saudade enquanto lutavam contra o choro.

Talvez pudessem fugir, como havia tantas madrugadas.

Quando serenava.

Quando Zé Gino...

Bem... haveria de existir algum pedaço de mundo onde era possível recomeçar, já que o sertão era um universo que não os deixava caber juntos em espaço nenhum.

— Vai embora, vai — disse Luzimar, segurando o rosto de Cícero. — Não deixa eles te matarem, não.

Então, entre lágrimas, Cícero pediu:

— Me leva pra casa.

Luzimar pôs-se de pé e carregou nos braços o corpo mole do homem que amava. Caminhou com as pernas bambas até o carro e o sentou no banco do carona.

Depois, Luzimar assumiu a direção e os dois seguiram em silêncio ao longo da estrada. A vista de Cícero escapando pela janela e se perdendo no azul de céu fugidio.

Luzimar ligou o toca-fitas e apertou o botão de pular as músicas até parar numa que fez o olhar de Cícero desviar na direção dele.

Cansei de ficar sozinho,
Na rua não tem carinho,
Oh! Oh! Me leva pra casa...

Encarando a estrada que tinham pela frente, os dois rapazes feridos cantaram: *"Tive que perder você/ Pra ver que estava errado/ Cansei de ver o sol nascer/ Sem ter você do lado..."*.

Ao fim da música, Luzimar disse:

— Ei... não posso te deixar em casa. Assim que meu pai souber que tu chegou... já sabe.

— Pois me leva lá pro Alto dos Farrapos — pediu Cícero, sem tirar os olhos do céu.

Os rapazes chegaram ao alto do morro lá pelo meio da tarde.

Cícero andou até uma moita e de lá retirou a câmera que era da mãe. Olhou para Luzimar parado à beira do abismo. Quis abandonar tudo. Ir embora com ele. Recomeçar. Sentiu que, mais do que nunca, este era um sonho distante. *Pra onde é que eu vou agora?*

— Pode ir. Daqui eu me viro — disse Cícero.

— Tu vai pra onde?

— Não sei ainda, mas vou.

Antes de partir, um abraço.

Quente, sofrido.

Um abraço de quem não quer ir só, de quem quer que o outro não vá.

Suor, desejo.

Um abraço de quem se agarra à vida com medo da morte.

Olhando nas fuças do fim, entendendo que com o passar do tempo seus corações pesariam ainda mais com o acúmulo de sentimentos não dados, do amor trancafiado, escondido, não vivido.

Tudo isso tinha um preço a ser pago, uma cruz a ser carregada.

Luzimar não chorava só porque era macho, Luzimar não chorava porque tinha medo. E Cícero era uma criança que arrancava a casca das feridas e as comia, por isso provar lágrimas não lhe era algo a se temer.

Dava para sentir a confusão de Luzimar pelo jeito das batidas de seu coração.

A aflição de um passarinho acertado na asa, caindo lá de cima, entregue à morte, ciente do fim.

O amor era mesmo uma tragédia, não tinha nada de bonito.

Ainda mais este amor todo sujo de culpa, de dor, ódio e desespero.

E no meio disso tudo era arriscado ele nem existir mais.

Cícero viu Luzimar descer a estradinha do morro e sumir por entre a poeira e a mata.

Cícero ficou sozinho, o sertão sob os pés, o ar quente e sufocante.

E gritou aquele nome: *Luzimar! Luzimar!*

Mesmo fraco, gritava cada vez mais alto: *LUZIMAR! LUZIMAR!*

Luzimar, o nome dele. *Luzimar*, o homem que tanto amava.

Deveria tê-lo beijado pela última vez. Dois homens no topo do mundo, perto demais do céu. Santos e inalcançáveis. Minúsculos e irreconhecíveis. Dois homens, dois seres se amando.

Luzimar!

Cícero sentia aquele nome vibrar nas cordas vocais. Rasgar-lhe a garganta. Fugir de dentro dele.

Um era a correnteza do outro neste rio profundo em que o pé nunca alcançava o chão.

a avó do *partisan*

Já bem tarde da noite, Cícero cruzou a ponte entre Carrasco e Cacimbas. Buscando pouso, bateu à porta do bar de Nambu.

A mulher, que a esta hora já caía no sono, levantou-se atordoada e abriu uma brechinha de porta até vê-lo ali parado.

— Tu quer o quê? O bar já tá fechado — disse Nambu.

— Eu... É... Me deixe ficar aqui essa noite?

Nambu estranhou o pedido, pensou até em negar, fechar a porta de uma vez e voltar para a cama. Mas se lembrava do rapaz com certa empatia. Se lembrava de já terem dançado juntos em alguma noite. Sim, este era Cícero, o neto de Nonato, de quem todo mundo andava falando por aí, foi quem matou o filho mais velho de Chico Metero. *Devia ter matado era o véi*, pensou Nambu.

— Pode entrar — falou, abrindo mais a porta e dando espaço para o rapaz passar. Nambu não gostava de negar um prato de comida nem *dormida* a ninguém. Olhou bem na cara de Cícero e viu que o menino precisava mesmo de ajuda, chegou a sentir um tantinho de pena. Todo sujo e olhos vermelhos. *Deve ter andado chorando.*

Enquanto enchia a barriga com arroz e pirão de galinha caipira, Cícero ouviu de Nambu o que já sabia:

— Chico Metero anda atrás de tu.

— Eu vou pegar aquele desgraçado primeiro.

— Sei não, rapaz... Os trabalhadores dele nem vão mais pra horta, o serviço dos homens agora é andar acima e abaixo procurando por ti. E é cada um com uma espingarda, viu?

Cícero refletiu um pedaço de tempo, a comida parada na boca. Se remexia dentro dele um farelo de medo que ele tentava soprar para longe.

— Se eu fosse tu, me mandava logo daqui — acrescentou Nambu. — Deixava essa região *réa* do Carrasco e ia viver minha vida noutro lugar.

— Eu não vou ter um pingo de paz na vida, seja no lugar que for, sabendo que aquele cão ainda enche vaga nesse mundo.

— E o que foi *mermo* que ele te fez? Só pode é ter sido coisa muito ruim.

Cícero largou a colher e empurrou para o lado o prato já quase vazio. Se lembrou da mãe ainda viva, de seu nome gravado na pele dela. E foi atingido pela imagem dos ossos, da cova.

— Foi a pior coisa de todas. Foi o *mermo* que me matar.

— Daquele ali eu não duvido nada.

Nambu não entendeu muito bem, mas sabia que o rapaz estava confuso e cansado, por isso achou melhor deixá-lo dormir.

Muito grato pelo banho, a comida e o abrigo, Cícero fez mais um pedido a Nambu:

— Eu não quero abusar, mas... amanhã tu pode ir lá em casa avisar minha vó que eu tô por aqui? Mas, olha, diz só pra ela, viu? Não deixa mais ninguém saber.

Nambu segurou a mão de Cícero e anuiu ao pedido.

Na manhã seguinte, Nambu deixou o hóspede-em-fuga trancado dentro de casa e saiu para encontrar Zulmira. Cruzou com trabalhadores de Chico Metero no meio da ponte, todos armados até os dentes, e sentiu como se pudessem ler em seus olhos que ela escondia quem tanto procuravam.

— Bom dia — cumprimentou Nambu, ouvindo assobios depois de sua passagem.

Da janela da cozinha, Rosa viu uma coisa nova e esquisita: Nambu entrando na casa da mãe. *O que diabos aquela mulher quer lá?*

Rosa ficou de butuca, desconfiada da repentina visita. Pensou em ir até lá, mas andava intrigada da mãe desde o tapa que recebera dela durante o velório de Edcarlos. Mas, ao ver Zulmira sair de casa e pegar a estrada ao lado de Nambu, ambas olhando de um lado para outro, como se escondessem coisa, Rosa correu para o terreiro, pedindo para que Raquel ficasse de olho em Sebastião enquanto ia ali resolver um negócio, e foi atrás da mãe e de Nambu.

.

Mais tarde, Cícero ouviu a chave girar na porta da frente. Cabreiro, correu para se esconder na despensa. E ficou ali, no escuro, encolhido embaixo de uma prateleira, até a porta ser aberta e ele ouvir um sussurro:

— Ei, cadê tu? Eu trouxe tua vó.

Cícero recuperou o fôlego, era como se tivesse passado todo esse tempo embaixo d'água.

Sentiu-se vivo novamente.

Em êxtase, mas sempre tomando cuidado, ele saiu dos fundos da despensa e se revelou para Zulmira, que abriu os braços e guardou o neto dentro de um abraço forte, bem dado.

— Por onde foi que tu andou, meu *fí*? Eu quase fico louca atrás de tu.

— Por aí... Tá tudo tão doido, tão ruim. Me desculpe, vó... me desculpe.

— O que foi que te deu pra tu fazer uma besteira daquela?

As respostas não vinham. Tudo bem.

O que importava, pelo menos ali e agora, era ter o neto protegido em seu colo.

Nambu achou melhor deixar avó e neto aproveitarem o reencontro com privacidade e foi lá para fora.

A sós, Cícero segurou o rosto da mulher que o criou e, chorando, dividiu com ela a dor que o vinha comendo por dentro.

— Me escute. Escute isso que vou lhe contar agora... É duro demais, doído de ouvir... Mas você precisa saber para entender por que tá tudo assim e por que eu fiz aquilo.

Zulmira prestava atenção em cada palavra do neto, olhando fundo em seus olhos.

Cícero continuou:

— Minha mãe... a TUA *fía*... tá morta.

De repente a voz de Cícero pareceu tão distante. *Mentira.* Zulmira apertou os olhos, deu até pra ver a filha, num vulto, mas deu. O cabelo vermelho, ouviu a risada alta que achava escandalosa.

E a viu segurando o menino que arrancara dos braços dela.

— Para de inventar história, Cícero! Deixa de tanto falar besteira.

— Eu também não queria acreditar, vó. Queria *mermo* que num fosse verdade. Mas eu vi...

Secando os olhos, Cícero buscou a câmera guardada num saco plástico e a colocou nas mãos da avó.

— A senhora se lembra?

Com as carnes tremendo, Zulmira apertou forte a câmera na mão. Ela se lembrava muito bem daquele dia. Dos sorrisos que arreganhou para as fotos que Aneci tirou.

— Eu achei dentro da cova dela.

— Que cova?! — gritou Zulmira. — De onde foi que saiu essa história?! Meu Pai do Céu... Que cova é essa? Onde é que fica?

Zulmira ouviu Cícero contar sobre a carta, falar de Chico.

Com os olhos ainda fechados, a mulher mergulhou na escuridão, ouvindo a voz de Aneci, ainda menina, lhe contar:

— Sebastião só entrou no rio porque o Chico me puxou pro mato e levantou meu vestido.

Ouvia a voz da filha pedindo socorro e não sendo ouvida.

Uma onda de arrependimento chacoalhou Zulmira. Na época, ela achou que fosse besteira, que a menina tinha inventado isso só para que alguém a olhasse e sentisse pena, pois tudo tinha mudado depois que Sebastião foi levado pelo rio.

Zulmira não deu a mínima, não fez nada.

Mãe!

Aneci gritava dentro da cabeça de Zulmira.

E levantou meu vestido.

Num ímpeto, Zulmira lançou a câmera contra a parede e o objeto se partiu.

As peças e o rolo de filme se espatifaram ao redor de Cícero e da avó, que chorava encolhida.

Cícero, abraçando-a, prometia que aquilo não ficaria assim. Que vingaria a morte da mãe. Que Chico pagaria pelo que fez. Mas tudo o que Zulmira ouvia era a voz da filha pedindo socorro.

Pedindo perdão.

Pedindo o filho de volta.

E se lembrou do vidrinho de *Toque de Amor* boiando por entre os garranchos do rio.

— Cícero... escute... Não bote os pés pra fora daqui tão cedo — alertou Zulmira ao neto. — Não saia. Não faça nada agora de cabeça quente.

— Mas agora a senhora me entende? Entende o que preciso fazer?

— Sei. Sei, mas quero que tu me escute e me obedeça. Não faça nada agora, viu?

Meio contrariado, Cícero fez que sim com a cabeça e foi abençoado por Zulmira com um sinal da cruz feito na testa.

Antes de ir embora, Zulmira agradeceu a Nambu pela acolhida que ela estava dando a Cícero.

— Ele pode ficar o tempo que quiser — disse Nambu. — Mas talvez seja muito perigoso continuar aqui. A senhora sabe, né?

Zulmira fez que sim com a cabeça e apertou a mão de Nambu com sinceridade antes de sair.

Cícero vigiou a partida da avó pela fresta da janela, já pensando em quebrar a promessa que fez. Tinha que matar Chico, não dava mais para esperar.

Na travessia da ponte, Zulmira teve o desprazer de encontrar Chico junto de seus homens. Ela queria passar em paz, sem olhar para os lados, sem falar nada, mas o homem a provocou:

— Tá procurando o filhote de quenga, é? — Todos deram risada. Zulmira seguiu em frente. — Se preocupa, não — continuou Chico. — Quando eu achar ele, deixo lá na tua casa. Sem couro e sem os *zói*.

Zulmira soltou seus demônios, pegou uma pedra e atirou contra Chico. Nem acertou o desgraçado, passou longe. Ela não desistiu, arrancou um pedaço de pau e partiu para cima do maldito que arruinou sua família.

Os homens tentaram defender Chico, mas receberam ordens do patrão para se afastarem. Ele queria encarar Zulmira sozinho.

A mulher bateu com o pedaço grosso de galho na cara do algoz, mas a arma foi arrancada dela.

— Eu vou dar um fim na tua família, sua infeliz, vou acabar com tua raça todinha — ameaçou Chico, jogando o bafo quente sobre o rosto de Zulmira.

— E tu acha *mermo* que eu vou deixar, é? Tu num trisca o dedo em mais ninguém da minha família, *seu ruma* de merda!

— Coitada de tu. Eu mando vocês *tudim* pro meio dos infernos na hora que eu quiser.

— É *mermo*? Pois *teje* armada a guerra — disse Zulmira, dando as costas para Chico.

— Se benza antes de entrar no inferno, viu? — gritou Chico.

— Bora ver quem é que vai primeiro? — desafiou Zulmira, chegando ao outro lado da ponte.

●

Ferida pelo destino da filha mais velha, Zulmira não pregou os olhos naquela noite.

Passou o dia em silêncio desde que chegou da casa de Nambu, desde o encontro com Cícero. Desde o confronto com Chico.

Não fez nada direito, não preparou o almoço.

Nem adiantava Nonato perguntar o que a mulher tinha, se sentia alguma coisa. Ela não respondia, soltava um muxoxo e saía de perto.

Nonato olhava Zulmira de longe, preocupado com o jeito esquisito da esposa. Devia ser por causa de Cícero, de tudo o que aconteceu e do que ainda estava por vir.

O neto seguia a um fiapo da morte, homens armados percorriam Carrasco de uma ponta a outra, prontos para meter bala na testa de Cícero. Nonato ainda tentou conversar com Chico, pediu perdão em nome do neto, implorou para que o deixasse vivo, mas o homem não envergou, não tinha Deus ou diabo que tirasse dele a vontade de ver Cícero morto.

Era madrugada de sábado para domingo. Sem sono e de cabeça cheia, vagando pelo terreiro, Zulmira viu a pampa de Chico ziguezaguear pela estrada e parar com tudo ali perto do cajueiro.

Ela se aproximou do veículo, pisando com cautela sobre folhas secas. O motor já tinha sido desligado, mas os faróis ainda brilhavam.

Caminhando bem devagar, Zulmira enfiou os olhos pela janela do motorista e encontrou Chico fedendo a cachaça, roncando com a cabeça sobre a direção. A mulher olhou de um lado para outro. Tudo era escuridão e silêncio. Estavam sozinhos.

Foi então que correu até em casa e buscou embaixo do fogão, guardada entre a lenha, uma lata de querosene. Depois pegou o isqueiro que Nonato deixava sempre guardado no bolso de uma calça antes de dormir. Com isso em mãos, ela voltou ao cajueiro, suando e arfando muito. Mas decidida.

O coração de Zulmira disparou diante do homem que lhe tirou a filha e que declarou guerra contra a família.

Nem por um segundo ela pensou em desistir do ato que cometeu em seguida.

A mulher abriu a lata de querosene e espalhou o líquido rosado e inflamável sobre o teto do veículo, deixando que escorresse pelo capô, pelos faróis acesos e retrovisores. Deixando que pingasse sobre as folhas secas do cajueiro espalhadas pelo chão.

Zulmira ainda derramou sobre os bancos e pingou algumas gotas sobre a cabeça do maldito; sabia que ele não acordaria, estava só as tiras de bêbado e roncava que nem um porco. De homens embriagados ela entendia muito bem.

Zulmira respirava fundo e deixava o cheiro do querosene a invadir. Um cheiro do qual gostava. O cheiro que sentia todas as manhãs ao acender o fogão à lenha para preparar o café.

Ela ainda espalhou algumas folhas sobre a pampa e, em seguida, acendeu o isqueiro de chama miúda, que dançava ao toque da brisa.

Ouvindo os gritos de Aneci em sua cabeça, Zulmira encostou a pequena chama do isqueiro sobre as folhas espalhadas no carro e rapidamente a madrugada se tornou um clarão. Como um pedaço de meteoro caído no sertão, a pampa de Chico passou a queimar sob o olhar impiedoso de Zulmira.

Olhos acesos e firmes.

Ela ainda assistia a tudo quando Chico acordou desesperado, se debatendo feito louco e gritando de um jeito rouco e asfixiado. Não tinha mais jeito, não adiantava tentar sair do carro, ele já estava mais aceso que fogueira de São João.

— Escuta minha voz, seu desgraçado! Queima, infeliz! Já chega fervendo pra não dar tanto trabalho pro diabo!

As chamas e o desespero de Chico refletiam nos olhos de Zulmira.

— *Cuma* foi que tu me disse *mermo*? Ah... Se benze antes de entrar no inferno!

Até pequenas fagulhas voarem alto e se perderem na escuridão do céu.

— Tomara que tu sofra mais do que isso quando chegar lá!

Até o calor ficar insuportável.

— Tu vai pagar eternamente pelo que fez com minha menina!

Até o corpo abrasado de Chico parar de estrebuchar.

— E nunca mais vai encostar uma unha em ninguém do meu sangue!

E quando Zulmira correu de volta para casa...

Tudo explodiu.

Acordando a vizinhança. Assustando os cães. Estremecendo o sertão.

pés molhados/terra enxuta

Naquela manhã de domingo, Chico Metero e a pampa eram apenas cinzas rodeadas por vizinhos, teorias e lamentações.

Os filhos de Chico puseram na ideia que aquilo tinha sido coisa de Cícero e já planejavam o contra-ataque.

Nonato estranhou a tranquilidade de Zulmira quando ele chegou contando o que tinha sido o tal estrondo que assustou todo mundo no meio da madrugada:

— O Chico tá morto. A pampa dele pegou fogo. Só sobrou o cheiro. Nem a alma dele deve ter se salvado.

Tá certo que ele era o cão em forma de gente e andava por aí com planos de matar Cícero, mas não esboçar nenhuma surpresa com a notícia já era demais. Em vez disso, Zulmira ligou o rádio e cantarolou a canção que tocava enquanto acendia o fogão à lenha.

— Aqui se faz, aqui se paga. — A mulher comentou mais tarde. — Tá na Bíblia.

— E quando foi que tu leu a Bíblia, mulher? — rebateu Nonato.

— Se isso num tiver escrito lá é porque Deus se esqueceu de escrever. Porque esse é o dizer mais certo que há.

E seguiu cantando.

Rosa, acompanhando de perto toda a revolta dos cunhados pela morte de Chico e ouvindo os planos coléricos da caça a Cícero, não parava de pensar no que testemunhara um dia antes: a mãe entrando na casa de Nambu e depois ficando sozinha lá dentro, de porta trancada, enquanto Nambu esperava do lado de fora. *Aí tem coisa.*

A desconfiança de Rosa aos poucos se traduzia em certeza. Sua mãe só podia ter ido encontrar Cícero, que estava escondido em Cacimbas, na casa de Nambu.

Rosa pensou muito antes.

Se lembrou da infância. Das manhãs inteiras que passava no rio ao lado de Cícero quando a mãe a mandava até lá para lavar roupa.

Se lembrou da pena que sentia dele por não conhecer o pai e ter sido abandonado pela mãe.

Mas tudo parecia parte de outra vida. Agora Rosa tinha a própria família, uma que havia sido desmanchada por Cícero.

Rosa via todos os dias a mancha que ficou no terreiro, bem no lugar onde Edcarlos caiu.

Um dia ela teria de contar ao filho sobre aquela manhã, e não queria que o menino se chocasse ao saber que o desgraçado que matou seu pai ainda desfrutava da vida.

— Eu sei onde ele tá — disse Rosa a Bartiano, que agora era o filho mais velho de Chico. — Eu não tenho muita certeza, mas acho que ele tá escondido no Gogó da Ema.

— *Cuma* é que tu sabe? — perguntou Bartiano.

— Eu vi minha mãe indo pro rumo de lá ontem, toda desconfiada.

— Aí tem coisa...

Ao ver Bartiano reunindo os irmãos para contar a informação que acabara de receber, Rosa sentiu uma pontada de arrependimento. Descolou-se de sua família, estava traindo o próprio sangue.

A vida era assim mesmo, agora Rosa precisava defender a família que escolheu.

Luzimar, ouvindo o irmão contar que agora sabia onde Cícero estava, espiava Rosa ali no canto. Ela havia entregado o sobrinho para a morte sem nenhum remorso. Luzimar até entendia um pouco, ela acabara de perder o pai do filho, eram dias tristes e confusos.

Luzimar acompanhou o planejamento dos irmãos para o ataque. Viu-os pegando as espingardas, gritando pelos outros homens.

O coração dele batia desesperado. O estômago revirava de tal modo que dava vontade de vomitar.

Ele também acreditava que Cícero era o responsável pela morte cruel do pai, mas ainda existia algo dentro de si que o amarrava ao outro rapaz. Como se o fim do outro significasse também o dele.

E a tropa saiu armada em direção ao Gogó da Ema. Motos, caminhonetes e bicicletas.

Zulmira ouviu a gritaria e correu até a janela, de onde viu uma dezena de homens partindo para os lados de Cacimbas. Nesse instante, ela sentiu um aperto no peito. Sabia o que significava.

Luzimar seguia de mobilete no meio da marcha por vingança.

No meio de poeira e espingardas.

Sentia-se arrastado para um destino que lhe botava medo. Não conseguia encontrar uma saída, uma fuga. Mas perdia quase o juízo à procura.

Atravessaram a ponte e correram o chão enlameado da vila fazendo um silêncio de morte.

Na beirada do fim, quando já chegavam ao Gogó da Ema, Luzimar segurou o braço de Bartiano, olhou para ele com firmeza.

E pediu:

— Me deixe fazer isso. Deixe que eu trago ele.

— Luzimar... E se ele te faz alguma coisa? Aquele *fí d'uma* égua não tem nada a perder.

— Nem eu.

Os irmãos permaneceram em silêncio numa troca pesada de olhares.

•

A essa altura, Cacimbas inteira já sabia o que estava acontecendo.

Nambu ouviu das vizinhas que Chico estava morto, tinha virado cinzas.

— *Cuma* foi isso? — perguntou Cícero.

— Eu num sei, mas foi isso que as meninas me disseram. E povo todo tá comentando *mermo*.

— Diacho...

— Valha... E tu achou ruim, foi? Acabou, rapaz! Chega dessa tua peleja!

Cícero não sabia o que fazer dali em diante. Era como se tivesse um grande objetivo na vida e de repente o perdesse. Além disso, não sabia como tinha se dado a morte do *disgramado*.

— Será que ao *meno* sofreu o que merecia?

— E tu ainda tá é preocupado com isso? Deixa que o cão cuida do resto. Porque um bicho ruim daquele ali só pode é ter ido *pr'aquelas* bandas de lá pra baixo.

Então veio uma batida à porta.

Cícero e Nambu se encararam, tensos.

— Deve ser alguém querendo comprar alguma coisa, vou ali abrir.

Mas Cícero ainda não se sentia seguro e correu para se esconder lá nos fundos.

Ao abrir a porta da frente, Nambu deu de cara com o cano de uma espingarda apontada para ela.

— Calma. Calma. Eu não vou fazer nada contigo — disse Luzimar, segurando a espingarda a centímetros de Nambu, vigiado pelos irmãos escondidos atrás das bananeiras. — O Cícero tá aqui?

— Cícero? Sei de Cícero nenhum, não.

— Eu juro por Deus que não quero fazer nada de ruim com ele — murmurou Luzimar.

Lá atrás, encolhido no fundo da despensa, segurando com firmeza a sacola com os restos da câmera da mãe, Cícero ouviu a voz de Luzimar. E, nesta hora, tudo o que queria era se revelar para ele, mostrar que estava ali.

Queria tanto vê-lo uma última vez.

— Me diga, dona Nambu... — continuou Luzimar, sem baixar a arma em nenhum momento. — Ele não passou *mermo* por aqui?

— Passei, não. Ainda tô. — A voz de Cícero vinha lá dos fundos.

Luzimar olhou para as bananeiras, onde sabia que os irmãos estavam escondidos, e fez um gesto para que esperassem. Ao ver isso, o desespero que tomou conta de Nambu a fez gritar:

— Foge, Cícero! Eles vão te matar! Corre!

— NÃO! — berrou Luzimar, marchando com tudo para dentro da casa, mas só vendo o vulto de Cícero escapar pela porta da cozinha e sumir por entre o bananal.

Os outros filhos do finado Chico se deram conta da fuga e alertaram os homens. Partiram todos, disparados, dentro do brejo. Lá no fundo era possível avistar Luzimar correndo atrás de Cícero.

— Ninguém atira! — avisou Bartiano. — Luzimar vai cuidar disso! Ele vai lá na frente!

— Cícero! Não precisa parar de correr! — gritava Luzimar no meio da perseguição. — Mas eu não quero te fazer mal! Eu quero é ir *simbora* daqui contigo!

— E por que tu trouxe teus irmãos? Tu acha que sou besta, é? — rebateu Cícero, sem nunca diminuir a velocidade das pernas, sacudindo lama ao pisar nas poças d'água.

— Se tu morrer vai ser o *mermo* que passarem uma bala no meu peito! Se tu morrer eu perco até o juízo.

Luzimar não sabia nada do futuro e até tinha medo dele.

Porque pensar em Cícero morto lhe arrancava o ar.

Porque ainda tinha coragem de contornar o fim.

E estava tentando.

— Eu num sei se confio mais em ti, Luzimar! Eu num sei!

De repente, Cícero acabou caindo no rio e teve dificuldades em continuar fugindo. A correnteza selvagem ameaçava levá-lo.

Então foi alcançado por Luzimar, que parou diante dele, todo sujo e suado, de espingarda na mão.

•

Um. Dois. Três.

Quatro tiros.

Foi o que os irmãos de Luzimar ouviram a poucos metros do rio.

A correria foi tomada por comemorações, que acabaram com o retorno de Luzimar, tão exausto que andava arrastando as pernas.

— E aí? — perguntou Jair.

— Meti bala e deixei o rio fazer o resto — respondeu Luzimar.

Então passou pelos irmãos e foi embora de cabeça baixa.

*eu tô pensando em passar
a próxima virada de ano na praia*

Era tarde da noite na beira do rio quando Luzimar chegou.

Só ele, a água corrente e a escuridão.

Se sentou na terra molhada e disse baixinho:

— É eu. Tu tá aí?

Instantes depois, um barulho de pés sobre folhas secas e a silhueta de Cícero se juntando à de Luzimar.

— Brigado por salvar minha vida — disse Cícero, a voz fraca, recebendo o toque confiante de Luzimar no ombro, que respondeu:

— Tu também salvou a minha.

— E agora? — Quis saber Cícero.

No raiar do dia, Cícero montou na garupa da mobilete de Luzimar e o abraçou pelas costas.

Mergulharam na estrada, sentindo o vento carregar o passado doído impregnado no corpo deles.

Carrasco correndo pelos olhos de Cícero, ficando para trás. Pensou na avó. No velho Nonato. Em Rosa e seu pequeno Sebastião. Pensou no rio. *Talvez um dia, num mês de dezembro, eu volte.*

Agora estavam partindo de verdade. Não tinha volta, já não eram mais meninos.

Dois homens.

Poeira, nuvem de urubus.

E o mundo inteiro pela frente.

Com a cabeça deitada sobre as costas de Luzimar, Cícero fingiu que ainda era menino e que finalmente estava indo encontrar a mãe.

Só por hoje, só agora, ele queria esquecer tudo e ser um tantinho feliz.

Mãe, me espere que tô chegando.

♦

Era a primeira vez que Cícero encontrava o mar.

Luzimar também.

Sentaram-se na areia, um ao lado do outro, e assistiram, maravilhados e em silêncio, ao ir e vir infinito das ondas que se repartiam em muitas outras.

Um azul de céu caído na terra.

Cícero lembrou-se de Toin, da história de Diego e do pequeno mar num pedaço de papel.

Se lembrou de Luzimar-menino falando do mar e da promessa que Cícero fizera a ele.

Ali estavam os dois.

Os olhos de Luzimar mergulharam naquela imensidão azul e uma saudade fria lhe acertou no fundo.

Saudade do sertão, que, *meu Deus*, era tão longe dali. Dava até uma vontade de chorar.

Luzimar navegou de volta para casa, assim, num instante, sem enxergar onde terminava o mar e começava o céu.

O mar virava a estrada empoeirada de Carrasco que Luzimar pisava com alpargatas. E corria pelo mundo que cabia na palma da mão. Corria junto do menino que nadava dentro de seu coração. Sendo dia de sol ou chuva.

Fechando bem os olhos, dava até para ouvir o rio correndo para onde todos correm.

Cícero e Luzimar, meninos que corriam como rios, finalmente desaguavam no mar.

O lugar no qual a água tinha gosto salgado de vida.

Ao abrir os olhos, Luzimar viu Cícero mexendo nas coisas que ficavam dentro da câmera.

Cícero descobriu que era possível enxergar as fotos na tira do filme. *Reveladas.*

Foi assim que reencontrou a mãe: no negativo. Viva e sorridente numa foto tirada por ele. Numa imagem miúda de cores irreais.

Cícero viu todos:

Ele.

A família.

Luzimar.

Com os olhos cheios d'água, entregou o filme para Luzimar, mas não conseguiu dizer uma só palavra.

Luzimar segurou o negativo e repetiu o que viu Cícero fazer: colocou-o contra o sol que quase encostava no mar. E sorriu. Lá estava ele ao lado de Cícero, ainda meninos, em frente ao velho cajueiro.

Cícero não conseguia tirar os olhos da mãe. Luzimar queria voltar no tempo.

E foi assim, no mar, que voltaram a ser apenas dois meninos com alma de rio.

agradecimentos

Escrever este livro me veio como um chamado. A história já corria por mim adentro e, quando abri a barragem para desaguar as palavras, dividi cada novo capítulo — como se folhetim fosse — com minha querida amiga Aline Damasceno. Apesar do sobrenome irmão, não compartilhamos sangue, apenas alma. Aline, obrigado por testemunhar Cícero tornar-se homem e por dividirmos a mesma memória de infância: um rádio ligado, tocando Zezé Di Camargo & Luciano.

A Denise Soares [em memória], agradeço por todos os voos que nossa imaginação tornou possíveis.

A minha irmã, Lívia Soares, pelos sobrinhos — Eduardo e Miguel, meus futuros leitores —, e por sempre me levar de volta pra casa.

A Flávia Maria, por, muitas vezes, ser essa casa.

A Yago Leonardo, pelas infâncias que dividimos, mesmo sem termos nos conhecido meninos.

A Ana Neuma, por me abrigar em sua estante.

A Allan Deberton, Marcelo Pinheiro e Luiz Deberton, amizade-família, por toda a vida pela frente.

A Matheus Caminha, Liana Almeida, Marina Andrade, Carina Martins, Rafael Assunção e Rayane Teles, pelo abraço antes do salto.

A Julianne Nascimento, Ana Caroline, Mayara Sanchez, Clarissa Appelt, Daniel Dias, Marjorie Vetorazo, Mônica Borges, Kyra Gomes, Filipe Conde, Natália Maia, Samuel Brasileiro, Gabriela Camargo, Kelly Holanda, João Rafael Passos e André Araújo, pelos caminhos.

A Susie Soares Lima e a minha Tia Neci, por seus corações de caberem mundos.

A minhas primas Bruna, Evelyn e Elmara, pelas mais bonitas lembranças.

A Rosane Svartman, pela correnteza que faz navegar sonhos.

A Joana Jabace, Thereza Falcão, Maria Camargo e Mariah Schwartz, por se lançarem tão fundo nestas águas.

A Paulo Ratz, por guiar este rio ao mar.

A minha editora, Natália Ortega, pelo mar — e pelo mergulho.

As minhas agentes — Nina Bellotto, Camila Meurer, Luísa Giesteira, Mayara Azevedo e Maria Mattar —, por nunca me deixarem à deriva.

A Lucas Costa, meu rapaz latino-americano favorito, pela coragem. E por lembrar como se faz um barquinho de papel e não me deixar afogar nesse oceano imenso.

Aos meus avós, Alfriza, Adalgisa e Análio [*em memória*]. Ainda os sinto navegando ao meu lado.

A Oliver, meu gato, por seu ronronar que me salva das crises de ansiedade.

A minha mãe, Fransquinha, por ser meu farol.

Aos meus queridos primeiros leitores, por remarem comigo.

A vista pode ser ainda mais bonita quando se tem alguém do lado.

Primeira edição (junho/2025)
Papel de miolo Luxcream 70g
Tipografia Quinn text
Gráfica LIS